COBALT-SERIES

橘屋本店閻魔帳

# 永遠《とわ》の愛を誓わせて!(上)

高山ちあき



集英社

# 橋屋本店閻魔帳 永遠《とわ》の愛を誓わせて！（上）

Contents

登場人物紹介
雲劉《うんりゅう》
大蝦蟇をあやつる妖術使い。いつも無表情。
日和坊《ひよりぼう》
晴天をつかさどる妖怪。舞鶴で銹職人をしている。
茨木童子《いばらきどうじ》
弘人の飲み仲間。つい最近まで高野山に服役していたらしい。

弘人《ひろと》
橘屋本店の息子。
実体は鵺。
妖怪の世界である
裏町では
美咲と式を挙げ、
婿入りしたの
だが…？
美咲《みさき》
コンビニチェーン・橘屋の
西ノ分店の跡取り娘。
母は人間だが、亡き父は妖狐。
綺蓉《きよう》
弘人の側女。
実体は弘人と同じく鵺。

イラスト／くまの柚子

橘屋本店閻魔帳
永遠《とわ》の愛を誓わせて！
(上)

のれんの色が変わるとき、
奥の襖《ふすま》は隠《かく》り世《よ》へと繋《つな》がり、
見えざる棚《たな》には妖怪向けの品々が並ぶ。
店の名は橘屋《たちばなや》。
獣《けもの》の妖怪を店主に据《す》えて、
現《うつ》し世《よ》に棲《す》まう妖怪たちの素行を見張る。

# 序章

会合の夜。

夜鳴く隠《かく》り世《よ》の蟬《せみ》が、耳が痛くなるほどにたくさん鳴いていたあの夜。

再会した弘人《ひろと》と美咲《みさき》が裏庭に面した広庇《ひろひさし》で抱きあって、口づけをかわしているのを見た。

ふたりはそれに夢中だった。互いを確かめあうように。ほかのことなど、もうどうなってもいいというくらいに。

けれど綺蓉《きよう》は弘人に声をかけ、用件を告げた。伝達は、いかなる状況でも迅速《じんそく》にするようしつけられていたから。

ふたりが去ったあとも、綺蓉はその場から動くことができなかった。

――奪われてしまう。

そういう焦《あせ》りが頭を支配していて、ほかにはなにも考えられなかった。

『弘人様はどうして綺蓉姉さんになびかないのかしら』

ふとどこからともなく見習いの女官《にょかん》があらわれてつぶやいた。茜《あかね》という名の、夏のはじめに〈御所《ごしょ》〉に入った娘だった。

『さあ、どうしてかしらね。わたくしが至らない女だからなのかもしれないわ』

綺蓉は蟲《むし》の鳴き声にかき消されぬよう、ほほえんで答えた。それは弘人が姉の白菊《しらぎく》ばかりを想《おも》い、決して相手にされることのなかった自分にずっと言い聞かせてきた答えでもあった。

かつて弘人は、白菊しか見ていなかった。自分が、弘人しか見ていなかったように。

自分と白菊と、いったいなにがちがうというのかしら。そう思って、じっと鏡を覗《のぞ》きこんだ夜もあった。

肌の色？　唇《くちびる》のかたち？　いいえ、そうではない。なにか、もっと魂《たましい》にじかに訴えるような、彼の心を捉《とら》えてやまないものが、白菊にはたしかにあった。自分には、おそらく未来永劫《みらいえいごう》手に入れることはできないもの。

そしていま、おなじものを、あの妖狐《ようこ》の少女はもっている。自分を苛《さいな》んでいるのは、白菊に抱いていたのとおなじ焦りだ。

すると茜は言った。

『だめよ、綺蓉姉さん。姉さんは優しくて素敵な女《ひと》だもの。自分を責める必要などないのよ。じゃあどうすればいいかって？　あの妖狐を呪《のろ》えばいいのよ』

無邪気《むじゃき》な顔をして残酷な発言をする茜は、ふだんとはまるで別人のようだった。

けれどその言葉は、蟲の鳴き声とともに綺蓉の胸にいやによく響いた。

『ねえ、姉さん。弘人様の選んだ女人《にょにん》など、みな呪い殺してしまえばいい。誰もいなくなってしまえば、きっとまた〈御所〉へ、姉さんのもとへと戻ってくるわ』

わたくしのもとに……？

それが自分の望みなのかしら。そんなことを考えるのはまちがいではないのかしら。

けれど、このままでは、自分の一番大切なものは奪われてしまうのだ。

綺蓉は、いいようのない焦りに駆られて身悶《みもだ》えした。

茜にそそのかされたその日以来、自分が恐ろしくなった。

胸の奥に抑《おさ》えこまれているものが、いつか刃《やいば》をむいて、あの娘に及ぶのではないかと――。

# 第一章　彼女の想い

## 1

ひんやりとした風を頬《ほお》に感じて、綺蓉《きよう》は目をあけた。

格子状《こうしじょう》に梁《はり》の走った見慣れない天井《てんじょう》が視界にひろがっていた。ここは〈御所《ごしょ》〉ではない。

部屋を見まわすと六畳《ろくじょう》ほどの畳《たたみ》の間《ま》で、縁側に面した障子戸《しょうじど》が少しあけられていた。風はそこから流れこんでいるようだ。

戸のむこうには朱塗《しゅぬ》りの欄干《らんかん》のついた縁があって、景色は空と海――あるいは湖だった。彼方《かなた》に深緑色をした山の稜線《りょうせん》が見える。

綺蓉は横になったまま、ふたたび室内に目を戻した。

天井板も柱もあざやかな朱塗りである。床《とこ》の間《ま》があるが、掛《か》け軸《じく》のひとつもかかっていない簡素な部屋だ。ただし布団《ふとん》や室内はとても清潔に保たれていた。

寝ている自分のからだを見てみるが、着ているものは藤色の小袖《こそで》で、朝、身に着けたものと変わっていない。

「ここは、どこ……？」

綺蓉はゆっくりと身を起こした。自問してみても、自分でここまでやってきたという記憶はなかった。だれかが、この場所に自分をはこんで寝かせたのだ。

ふと、縁側に蝦蟇《がま》ガエルがやってきたのに気づいて、綺蓉は思わずあっと驚きの声をもらした。ひろげた掌《てのひら》ほどの大きさで、茶褐色《ちゃかっしょく》の背中にはいくつかのイボをもっている。

けれどそれは、綺蓉と目があったとたん、のっそりと這《は》って姿を消してしまった。

綺蓉はごくりと唾《つば》を飲んだ。その蝦蟇には見覚えがあった。同時に彼女は、それまで自分がどこでなにをしていたのかを鮮明に思い出した。

本区界の〈御所〉のはずれで、行方《ゆくえ》知れずになった女官《にょかん》をさがしていたのだ。

この夏にあたらしく入った茜《あかね》という名の若い見習いの女官だった。朝、厨《くりや》の仕事に誘おうと思って彼女の部屋へ行くともぬけの殻《から》だったので、散歩にでもでかけたのかとさがしに出たのだ。

以前、一緒に歩いたことのある小路《こうじ》をたどっていると、

『綺蓉姉さん』

茜が自分を呼んだ。ふだんより弱々しい声音《こわね》をけげんに思ってふりかえれば、そこには茜で

はなく若い男が立っていた。

みじかく刈り込まれた髪に、すっと切れあがった一重《ひとえ》の鋭い目。薄い唇《くちびる》。背丈《せたけ》がかなりあるが、細身のせいか図体が大きいという印象はない。右の肩におおぶりの蝦蟇ガエルを乗せている。綺蓉はその蝦蟇と目があって、思わず声を洩《も》らした。この男は――。

（大蝦蟇使い……）

命じれば人が乗れるほどに巨大化して相手を食い殺すといわれる大蝦蟇。それをあやつる妖術使いである。

男は気を呑《の》まれて立ちつくす綺蓉のほうへ、無表情のまま歩みよってきた。

綺蓉は本能的に恐怖を感じて、一歩あとずさった。

男が近づいてくるにつれて、綺蓉の耳の奥にカエルの鳴き声がしはじめた。

はじめは「げこげこ」と一、二匹が鳴いていただけなのに、そのうち無数のカエルがいっせいに鳴きだして、綺蓉の頭の中にわんわんと響きだす。なにかをくりかえし擦《こす》るようなその不快な音に脳髄《のうずい》をかきまわされるような錯覚をおぼえて、綺蓉は耳をふさいだ。

（耳が痛い……）

耳を覆《おお》っても、カエルの鳴き声は止《や》まなかった。

男は表情を変えぬまま、こちらにむかってなにかをつぶやいてきたが、カエルの鳴き声のせいでまったく聞き取ることができなかった。それから、彼の手がぬっと自分のほうに伸びてきた。

手が迫るのを目にしながらも、綺蓉は聴覚を奪うカエルの鳴き声に眩暈《めまい》を起こして、その場に倒れかけた。

男の手は彼女を支えてくれたが、それは助けるための手ではなかった。捕らえるための手だった。

叫び声をあげる間もなかった。綺蓉のからだは、いとも簡単にその男に担《かつ》がれた。

うしろで、茜が笑っているのが見えた。彼女が〈御所〉に来てから、ただの一度も見せたことのない邪悪《じゃあく》な笑みだ。

まわりの妖怪たちは、異常が起きていることに気づかない。助けを求めねばならぬと思ったのが最後だった。綺蓉を抱《かか》えた男が踵《きびす》を返すころ、彼女には、もう意識がなかった。

さきほど縁側にいた蝦蟇は、あのとき男の左肩に乗っていたものだ。だとすると、ここはあの男の棲《す》み処《か》ということになるのかもしれない。

得体《えたい》の知れぬ不安を抱えたまま、ひとまず床《とこ》から出ようとしていると、

「気づいたか」

男の声がして、綺蓉はびくりと身をすくめた。

おそるおそる縁のほうをふり返ると、すうっと切れあがった細い目の、痩身《そうしん》の男が立っていた。自分を襲ったあの男である。

綺蓉は警戒を深め、いっそう身をこわばらせた。

「水でも飲むか」

男は無表情のまま問う。一見して敵意はないようだったが、綺蓉は無言でかぶりをふった。なにかを喉《のど》に通せる状況ではない。

「ここは、どこなのですか」

抱えている不安と動揺をできるだけ悟られぬよう、腹に力を込めてそれだけ絞《しぼ》り出す。ひとまず、自分の居場所が知りたがった。

「奥出雲《おくいずも》の湖だ。天ヶ淵《あまがふち》という」

男は答えた。奥出雲――辰《たつ》ノ区《く》界《かい》にある土地の名で、綺蓉も耳にしたことがあった。外の景色は海にも見えたが、どうやらひろい湖らしい。

「なぜこのようなところにわたくしが……。茜は。茜はどこへ行ったのです？」

綺蓉はふとそのことに気づく。そういえば、姿が見あたらない。

「茜？」

男は首を傾《かし》げる。茜とは顔見知りであったように思えたが、男には通じなかった。

「わたくしと一緒にいた女官です……」

綺蓉が説明すると理解したらしく、

「いまはいない」

男は端的に答えた。いまはというと、いずれ帰ってくるような口ぶりだ。ひと月ばかり一緒に過ごした女官だったが、いまになって彼女の正体がなんであったのかが急にわからなくなる。

状況を理解しようと黙りこんだ綺蓉に、男は言った。

「あの女官は茜とやらではない。清姫《きよひめ》だ」

「清姫？」

綺蓉は眉《まゆ》をひそめた。

清姫とは、嫉妬心《しっとしん》を喰《く》らい、それを妖力《ようりき》に変えて悪事をはたらく火の妖怪の通り名だ。実体は女の首をもった蛇体《じゃたい》で、現《うつ》し世《よ》でも暴れた過去がある前科もちの悪妖怪である。

「清姫は本物の女官を殺し、そいつに化けて〈御所〉に潜《もぐ》りこんだ」

男の口から淡々と告げられた事実に、綺蓉は驚愕《きょうがく》した。

「そんな……、では茜はとっくに亡くなっていたということなのですか」

まだ、十五になったばかりで、思ったことを素直に口にする明朗で愛らしい見習いだった。

「そういうことになる」

男は無表情のまま答える。

おかしいと思ったのだ。綺蓉が襲われたあのとき、茜はこの男のうしろで嗤《わら》っていた。まるでこうして自分が囚《とら》われの身になることをわかっていたような不敵な目をして。

綺蓉の胸に冷え冷えとしたものがひろがる。茜の実体は、もう鵺《ぬえ》ではなかったのだ。〈御所〉の技術集団の面々ですら欺《あざむ》いて、清姫が本物の茜になりすましていた。

「いったいなんのために……」

「清姫が〈御所〉に入ったのは、若君の身辺事情を探るためだ」

綺蓉ははっとする。そういえば、茜からはよく弘人《ひろと》の話をせがまれた。弘人とはどんな人で、自分は側女《そばめ》としてどのように仕《つか》えたのか、彼に対してなにを思っているのか——等。

「弘人様の身辺をさぐってどうするというのです」

綺蓉はきっと男を見据《みす》えて問う。弘人に手を出すとは、なにかろくでもない姦計《かんけい》をめぐらせている輩《やから》にちがいない。しかし男は、

「夜になったら清姫が戻ってくる。そいつから話を聞け」

そっけなく返した。あまり、話をしたそうではない。

「……あなたは何者なのです?」

得体が知れないのは、この男もおなじだ。

「おれは雲劉《うんりゅう》という。大蝦蟇使いの雲劉。殺しを生業《なりわい》にしている者だ。あんたをここに攫《さら》ったのはおれだ」

男──雲劉は言った。

「殺し……」

綺蓉は不穏な言葉にぞくりと身をふるわせる。

「屋敷まわりには結界《けっかい》が張ってある。出てゆこうとしても無駄だ」

雲劉は淡々と釘《くぎ》を刺す。逆らったら、蝦蟇に喰われてしまうのだろうか。蝦蟇は、いまはおとなしく男の肩に乗っているだけだが、主《あるじ》の命《めい》を受ければいつでも巨体化して獲物《えもの》に襲いかかってくるだろう。

「あなたがたの目的はなんなのです」

綺蓉は見当がつかず、厳しい面持《おもも》ちのまま問う。

「それも清姫が説明してくれる」

雲劉は短く返す。よけいな話をする気はないのだとつっぱねられたかたちだ。他者と話すのが嫌いなのだという感じがひしひしと伝わってくる。ふだんから口数の少なそうな無骨な男である。

「わたくしを〈御所〉に帰してくださいませ」

綺蓉は雲劉の細い目をしっかりと見据えて願い出る。無駄だとわかっているが、言わずにはいられなかった。

「必要ない。あんたはいま、〈御所〉にいる」

「どういうことですか?」

意味をつかみかねて、綺蓉は訊《き》き返す。

「清姫が、今度はあんたに成り代わって、あそこにいるということだ」

「わたくしになって……?」

綺蓉の顔がさらにこわばる。

「あんたはしばらくここでおれと暮らすことになるだろう。死にたくなければおとなしくしていろ」

物騒《ぶっそう》なせりふに綺蓉はおののいたが、悪意をもって脅《おど》しつけているといった感じはなかった。ただ淡々と、自分に課せられた任務を遂行《すいこう》しているといった印象だ。

雲劉はそれきり、綺蓉に背をむけて部屋を出てゆこうとする。

「おまちください」

綺蓉は男を引きとめる。しかし、肩先に乗った蝦蟇がこちらをふり返るだけだ。

蝦蟇はぎょろりとした黄金色《こがねいろ》の眼で綺蓉を見つめていたが、雲劉が手で背をひと撫《な》でするとおとなしく前にむきなおった。

障子戸が静かに閉められて、空と湖の景色が見えなくなった。

茜は清姫だった。いつから、すり替わっていたのか。なんのために弘人のことを探ったのだろう。そしてなぜ、今度は自分になりかわって〈御所〉にとどまっているというのか。

綺蓉はじっとしていられなくなって、立ちあがって縁に出てみた。

朱塗りの欄干を隔《へだ》てて、すぐ下は湖の水面がゆれていた。

「まあ……」

この建物は、湖の中に建っているのだ。

前方には、大きな鳥居《とりい》が見える。それも朱塗りで、湖の中に堂々とそびえ建っていた。

「ここは、湖を護《まも》るための社《やしろ》かしら」

湖は、海かと見まごうほどのひろさだった。水は美しく澄んでおり、湖面が風をうけて魚のうろこのようにさざ波だっている。雲劉が天ヶ淵とか言っていたが、はじめて聞く名だった。

雲劉の姿はもうなかった。綺蓉は縁を素足でひたひたと歩く。

空は薄曇《うすぐも》りで、にぶい日の光が縁にふりそそいでいた。

社はどこも朱塗りの柱でできており、縁はそのままぐるりと社を巡っている。湖に建っているせいか、吸い込む空気は夏でもひんやりとしている。

回廊《かいろう》を伝って裏手にまわった綺蓉は、そこに階段を見つけた。自分はどうやら三階の一室に寝かされていたらしかった。

一階までおりて、湖から陸へと繋《つな》がる回廊続きの橋に歩をすすめかけたとき。

目の前に見えない壁が立ちはだかっているのに気づいて綺蓉は足をとめた。

（結界が……）

男の言うとおり、屋敷まわりには結界が張られていた。外側の眺めを遮断《しゃだん》してしまう類《たぐい》の結界ではないが、妖気をはらんだ障壁《しょうへき》に触れようとすると、バチッと火花が散ったような音がして、指先が痛んだ。やはり、ここを出ることはできないのだ。

「弘人様……」

綺蓉は、しびれを残す白い手を胸もとでかばいながらつぶやいた。

障壁のむこうにひろがる陸の美しい山野を眺めても、気は落ち着かなかった。こみあげてくるのは不安と疑問ばかりだ。

なぜ、自分がこのようなところに軟禁されることになったのだろう。

ただひとつわかっているのは、ここから逃げ出し、弘人の身に迫った危険を彼に伝えなければならないということだけだった。

## 2

行方《ゆくえ》知れずになったという綺蓉《きよう》をさがすために、弘人《ひろと》が本区界に帰った日の翌朝、美咲《みさき》もすぐに〈御所《ごしょ》〉にむかった。

妖怪たちは夜中に活動することが多いため、道中に眺めてきた街道筋の店とおなじく、〈御所〉も人気《ひとけ》がなく閑散《かんさん》としていた。

「ごめんください」

本殿の入り口で声をはりあげたが、だれも出てこない。昼間なので人の数が減らされているのだろう。黙ってあがってしまおうかと思ってきょろきょろしていると、ひとりの年若い女官《にょかん》がぱたぱたと渡殿《わたどの》を走ってやってきた。

「ああ、酉《とり》ノ分店《ぶんてん》様、おはようございます」

女官はいつもどおりに膝《ひざ》をついて頭をさげて出迎えてくれた。

「綺蓉は見つかった？　ヒロもゆうべ、こちらに帰ってきたと思うのだけど……」

「ええ、たったいま、おふたりともお戻りになられたところでございます。弘人様は夜通し綺蓉さんをさがしていらっしゃったのですが見つからず、ひとまずこちらへお帰りになったところへ、綺蓉さんもひょっこりと戻ってきたのです」

「ほんとに？　じゃあよかったじゃない」

美咲は目を丸くしつつも、綺蓉が無事とわかってほっとした。

女官の案内で、美咲はとりあえずふたりのもとへとむかうことにした。

連れていかれたのは本殿の一角にある弘人の私室のひとつだ。

だだっ広い畳《たたみ》の間《ま》の真ん中で、彼は綺蓉に見守られながら遅い朝食をとっていた。

ここでは家族一同があつまっておなじ時間に食事をすることはめったにない。運ばれてきた膳《ぜん》を私室のひとつでただ黙々と食べるというのが習慣だ。

（昔のお武家さんみたいな感じよね……）

テーブルを囲んで、みんなで食事をするのに慣れている美咲は、この眺めにいつも違和感をおぼえる。

「おはよう」

女官に導かれて美咲が挨拶《あいさつ》をしながら入っていくと、

「おはよう。おまえ、早かったな。でも、ちょうど綺蓉も帰ってきたんだ」

弘人が少しほほえんで言った。

「おはようございます、美咲様。ご心配をおかけして申しわけございませんでした」

弘人のそばに控《ひか》えていた綺蓉は、そう言って丁寧《ていねい》に畳に手をついて頭をさげて詫《わ》びた。

綺蓉は淡い藤色の小袖《こそで》に身を包んでいる。きちんと結いあげられた髪、やさしげに整った目鼻だち。いつもどおり、たおやかで腰の低い女性である。

「いいのよ、べつに。無事だったのならなんにも問題ないもん」

美咲もほほえむ。またなにか悪いことが起きるのではないかといやな予感があったのだが。

「どうして黙ってここを出ていったりしたの？」

弘人のむかいにすわり、たずねてみた。

「茜《あかね》という見習いの女官が仕事の時刻になっても見あたらず、彼女をさがしに出ていたのです」

「茜……」

「おれがここに修行に戻っているころに入った、まだ年の浅い女官だよ」

食事を終えた弘人が、膳に箸《はし》をおきながら言った。

「ヒロが修行に帰ったのが夏のはじめだったから……、まだ一カ月くらいの新人さんになるのね。で、その子は見つかったの？」

「それが、まだ。昼間も務めのある〈御所〉の暮らしになじめなくて出ていったのかもしれません。気立てのよい元気な子だったのですが……」

綺蓉はやや顔を曇《くも》らせて言う。

「そうなの。でも挨拶もなしに出ていくというのも変だから、そのうち戻ってくるつもりなのかもしれないわ。……ヒロはお疲れ様だったわね。一晩中探し歩いていたんでしょ？」

美咲は弘人に目をうつす。

「ああ、なじみの店で情報を仕入れながら転々と。……ぜんぜん寝てないんで、風呂《ふろ》に入ったら、ちょっと横になりたいな」

弘人はお茶を飲みほしてから言った。たしかに瞼《まぶた》が重そうで、ずいぶん疲れた顔をしている。無理もない。海での騒動から一睡《いっすい》もしていないのだ。あのとき何度も神効《しんこう》を降ろしたから、体力はかなり消耗《しょうもう》しているはずだ。眠らなければやっていけなかった以前よりも、ずいぶん強くなったことになるけれど。

「床《とこ》をのべさせておきますので、ごゆっくりおやすみくださいませ、弘人様」

綺蓉が気持ち申しわけなさそうに言って、弘人が無言のままそれに頷《うなず》く。

「どうしようかな、あたし」

美咲はひとりごとのようにつぶやいた。

「添い寝してくれよ」

「いやよ。そういう意味じゃなくて」

せっかく〈御所〉まで来たが、綺蓉が見つかったので、もうここにいる必要はなくなったのだ。弘人はひと眠りして起きたらどうするつもりなのだろう。

「ちょうどいい、舞鶴《まいづる》に行こう」

弘人が思い出したように言った。

「舞鶴……？」

「そう。錺《かざり》職人のところへ指輪を頼みに行くんだよ」

そうだった。結婚指輪を買いに行く約束をしていたのだ。隠《かく》り世《よ》では夫婦になったのに、まだ指輪をしていない。

「……と、その前にあいつが居るかどうかをたしかめてからだな。綺蓉、八《や》咫烏《たがらす》を連れてきてくれ」

弘人は綺蓉に命じる。八咫烏は、隠り世の伝令使《でんれいし》となる妖鳥である。

「かしこまりました」

綺蓉は頷いて、ただちに支度《したく》にむかう。入れかわるようにしてべつの女官がやってきて、空《あ》いた器《うつわ》のならんだ膳をさげていった。

「職人さんは、そこにいないこともあるの？」

美咲は弘人とふたりきりになってからたずねた。

「ああ、材料を調達しにいったり、錺の卸先《おろしさき》をまわったりするために留守にしていることもあるんだよ。仕事ひとすじの男だから、よそで遊びほうけているということはぜったいにないんだけどな」

「そうなんだ」

弘人がふと美咲のなりを見た。

「おまえ、ずいぶん地味な格好をしてきたな」

美咲は、抹茶色《まつちやいろ》をした桐竹地紋《きりたけじもん》の色無地というなんとも簡素な着物姿だ。

「だって人探しをするはずだったのよ？　御封《ごふ》だってしっかりもってきたのよ」

最近になって、一枚あたりの妖力《ようりき》がずいぶん強くなったので、もち歩くかさが昔より減ったのだが。

「ひと眠りしたら、呉服屋に着物でも見に行こうか。舞鶴へ行くときは、もう少し華やかなものがいい」

おまえのことも見せたいし――弘人は以前、指輪の約束をするときにそう言った。錺職人に嫁としての自分を紹介するつもりなのだろう。

美咲は呉服屋に行くことに同意した。できれば自分だっていいふうに見られたい。自分を選んでくれた弘人のためにも。

「夏物の着物ってあんまりもっていないの。似合うのがあるといいな」

一緒に買い物にでかけるというのがうれしくて、美咲はほほえむ。

その後、弘人は用がある旨《むね》を記した錺職人宛《あ》ての文《ふみ》を八咫烏につけて放ってから、風呂《ふろ》に入ってひと眠りした。美咲は書庫で閻《えん》魔帳《まちょう》を見て時間をつぶし、昼過ぎころには、ふたりで本区界仲町《なかまち》にある呉服店へとでかけていった。

日が傾きはじめて、白洲《しらす》の広い庭が橙色《だいだいいろ》に染まる頃。

美咲は弘人に絽《ろ》の訪問着を買ってもらい、〈御所〉に戻ってきた。

弘人がこれから区界内の見回りに出るのだという技術集団の妖怪たちと立ち話をはじめてしまったので、美咲は庭木が長い影をつくっている中庭を眺めながら、先に客殿に用意された自分の部屋にひとりで戻った。

「今夜はお泊まりか……」

美咲は手荷物を床に置いてつぶやいた。

朝に放った八咫烏が弘人のもとに帰ってきていて、舞鶴の錺職人は明日なら家にいるという返事だったため、美咲は今夜一晩〈御所〉に泊まることになったのだ。

着替えなどはもってきていないが、ここは至れり尽くせりのところでなにもかも支度してもらえるから問題はない。

弘人からはおれの部屋で寝ろと冗談まじりに言われたが、お上《かみ》が現《うつ》し世《よ》の仕事で出張のために不在で、結局まだ挨拶をすませていない。そんな状態で堂々と同衾《どうきん》するのも抵抗があるので――と、態《てい》のいい理由をつけて断った。一線を越える覚悟というものが、なぜかいまひとつ固まらないのである。

美咲は風呂敷《ふろしき》をといて、買ってもらった着物を衣桁《いこう》にかけた。

夏らしく、透け感のある淡い桃色の縦絽《たてろ》生地《きじ》に、小手毬《こでまり》や萩《はぎ》の花葉もようの豪華な手刺繍《てししゅう》がほどこされているものだ。いぶされたような摺箔《すりはく》が、手刺繍とあいまっておちつきのある華やぎを醸《かも》しだしている。美咲はひと目見てこれを気に入った。試着してみたら顔映りもよかったので弘人もすんなりと認めてくれた。

そこへ、綺蓉がやってきた。着物を見に来たのだという。

「まあ、総刺繍で素敵な薄物ですね」

衣桁にかかった着物を前にした綺蓉が、裾元《すそもと》にあつまった花筏《はないかだ》の柄《がら》に見とれながら言った。

水面に散った花々がひとつになって流れる様を筏に見立てたといわれる麗《うるわ》しい古典紋様である。

「これならいま美咲様がお召《め》しの帯にも合うし、簪《かんざし》は透明で涼しげなものが似合いそうですね」

「そういえばあたし、髪飾りももってきていないわ」

綺蓉に言われ、美咲はふとそのことを思い出す。とにかく今回は人探しをするつもりで来たので、髪は適当にまとめてピンでとめてあるだけだ。

「わたくしのをお貸しいたしましょうか。帯留《おびどめ》とあわせて、趣味でいくつかとり揃《そろ》えてございます」

綺蓉がにこりとほほえんで言う。

「ほんとうに？」

「ええ。いまから夕餉《ゆうげ》の支度を手伝わねばなりませんので、亥《い》の刻（午後九時）ころにわたくしのお部屋へいらしてください。準備してお待ちしておりますから」

「綺蓉の部屋はどこなの？」

「本殿の、弘人様の使われているお部屋のふたつとなりでございます」

「そう。わかったわ」

（綺蓉も、ヒロとおなじ建物で暮らしていたのね……）

本殿には使われていない部屋があるから、ふたつとなりといっても実質となりどうしになるのだろう。弘人の世話をしなければならない彼女が、近くの部屋で過ごすのは当然といえば当然である。

それから美咲は、いつも品があって趣味のよいものを身につけている綺蓉が、どんな髪飾りを見せてくれるのかわくわくしながらひろげた風呂敷をたたんだ。

## 3

「綺蓉《きよう》さんがお呼びでございます、弘人様《ひろと》」

夕餉《ゆうげ》をすませて風呂《ふろ》からあがったあと、女官《にょかん》がそんな知らせをよこしてきた。

美咲《みさき》にちょっかいでもだしにいこうかと考えていたところだったが、綺蓉が自分を部屋に呼ぶことは滅多《めった》にないので応じることにした。なにか重要な話でもあるのだろうか。

弘人は美咲のいる客殿のほうへむかいかけていたのを、本殿の私室のあるほうへと引きかえしてゆく。月を見上げると、その傾き具合から亥《い》の刻をまわっているとわかった。

「綺蓉、入るぞ」

返事をまたず、勝手に障子戸《しょうじど》をあける。するとそこには、寝床《ねどこ》の支度《したく》を終えたばかりの綺蓉がいた。

弘人は、綺蓉の姿を見て一瞬どきりとした。

白練《しろねり》の襦袢《じゅばん》一枚。ふだんは結いあげられている髪がほどかれて、肩にさらりとこぼれている。

ふり返った彼女の背後には、行燈《あんどん》のあかりに照らされて、清らかな白い夜具がぼんやりと浮かびあがっている。

「来てくださったのですね」

綺蓉は静かにほほえんで立ちあがった。

「綺蓉……」

見慣れた顔のはずだが、装《よそお》いがちがうと印象も変わる。いつもならひかえめな柄行《がらゆき》の着物に抑《おさ》えられて見過ごしてしまっている色香《いろか》が、そこはかとなく漂う。

「もっと中へお入りくださいませ」

言われるままに、弘人は部屋に入ってゆく。

「なんでそんな恰好《かっこう》しているんだ」

弘人は、思いもよらぬ開放的な綺蓉の身なりにいささか戸惑《とまど》いながら問う。

「おねがいがあるのです、弘人様」

綺蓉はそう言って、どこか甘えるような、しっとりと濡《ぬ》れた目をしてこちらを見つめてくる。

弘人はできるだけ平静を保ったままの無表情で、その翡翠色《ひすいいろ》の瞳《ひとみ》を見つめ返す。

こんな顔をした綺蓉は、これまで見たことがなかった。おそらく自分がそれを望んでこなかったから。

綺蓉はそのまま弘人によりそってきた。ひらきたての花のようなやわらかな香りが、ほのかに鼻先をくすぐる。これまで彼女がつかっていた香《こう》よりもずっと甘い。

「今夜は、わたくしを抱いてくださいませ」

らしくない大胆《だいたん》な発言に、弘人は耳を疑った。

「どうしたんだ、綺蓉……」

弘人はしなだれかかる綺蓉をひとまず抱きとめて問い返す。彼女の口からそんな言葉が出たのは今夜がはじめてだった。

「ずっとお慕《した》いしておりました。あなた様に抱かれる日を夢見て……」

綺蓉はせつなげに目をふせたまま、弘人の胸にしどけなく頬《ほお》をあずけてくる。

浴衣《ゆかた》越しに、じっとりと彼女の熱が伝わってくる。やわらかな肌がすぐそこにあって、鼓動《こどう》が聞こえてきそうだ。弘人はそうして綺蓉をじかに感じるのはこれがはじめてだということに気づく。

自分さえ望めば、いつだって手に入る女だった。身も心も、自分のために捧《ささ》げることになっているのだから。けれど、これまで一度も手をだしてはいない。

「わたくしがお相手ではいけませんか？」

綺蓉が頬をあずけたまま問う。面《おもて》には、どことなく憂《うれ》いを滲《にじ》ませている。はじめから、答えがわかっているかのように。

「むりだ」

弘人は拒《こば》んだ。

「なぜですか」

綺蓉はせつなげに問うてくる。

「おまえは花街《はなまち》にいる玄人《くろうと》の女とはちがう。遊びではできないし、かといって本気で相手にすることもできない」

弘人は綺蓉の背にまわした手はそのままに、なだめるように言う。

ただ細いだけの美咲よりも、ずっと女らしいからだつきをしている。性格もおとなしくて従順で、抱くには申し分のない女だ。

けれど、恋愛の対象にはならない。自分は綺蓉には惚《ほ》れていない。そして彼女の方も、実はこっちを必要としていない。誠心を尽くして接してくれるが、自分に惚れているわけではないのだ。さらに、綺蓉自身がそのことに気づいていない。

「ではせめて、口づけてくださいませ。美咲様になさっているように」

綺蓉は潤《うる》む翡翠色の瞳で弘人をみあげ、思いのほかしたたかなせりふを吐きだす。

どうして綺蓉がとつぜんこんな要求をしてきたのかと考えながらも、

「それもできない」

弘人は静かにかぶりをふった。

「なぜ」

すぐさま訊《き》き返されて、しばらく言葉につまったが、

「……おまえを傷つけることになるような気がする。白菊《しらぎく》から、妹を大切にしてやってくれと何度も頼まれたんだ」

弘人は慎重に返す。白菊は死んでもういないが、自分自身の問題で、彼女との約束を反故《ほご》にはしたくない。

綺蓉は目を伏せる。

「わたくしは傷つくことなど恐れてはおりません。どうか、わたくしの望みを叶《かな》えてくださいませ。このままなにもはじまらずにわたくしたちの関係が終わるのは辛《つろ》うございます」

綺蓉は哀《かな》しげに声を震わせて言い募《つの》る。うつむいている綺蓉の睫《まつげ》は、かすかに震えている。彼女自身を翻弄《ほんろう》する激情に、必死で耐えているかのようだ。

こんなに苦しそうな顔を見せるのなら、このまま抱いてやってもいいのかもしれないと思う。けれどおそらく、肉体的な愉《たの》しみ以外は、お互いなにも得られず終わる。そしてまた、なにごともなかったように次の朝を迎えるだけだ。わかっているから、これまでも手を出さなかった。

「わたくしのことが、お嫌いですか」

ふたたび弘人をあおいだ綺蓉が、艶《つや》やかに濡れた瞳をして問う。

「そうじゃない」

そうではない。

綺蓉は、現《うつ》し世《よ》の学校で話す女たちとも、隠《かく》り世《よ》の酒飲み仲間の女たちともちがう、もちろん恋人にもなりえない、家族か、あるいはそれに似たもの、従姉《いとこ》みたいな存在だろうか。とにかく、見た目よりもずっと芯《しん》が強く、自分にも他人にも厳しいところのある女だ。依存度が低く、一人でも生きていける強さをもっている。出会ったころから感じていた。白菊とはとてもよく似た風貌《ふうぼう》の姉妹だったが、そこが決定的なちがいだった。だからこそ惹《ひ》かれることもなかった。

白菊に限りなく近いところにいながら、彼女の代わりにはなりえなかった女――。

彼女のほうもなんとなくそのことをわきまえていて、これまで媚《こ》びるような態度はいっさい見せてこなかった。

それなのに、どうしたというのだ。

「弘人様……」

綺蓉はますます物欲しげな瞳で自分を見つめてくる。かたちのよい薄桃色の唇《くちびる》をうっすらとあけて、甘い吐息《といき》をこぼしながら誘いかけてくる。

違和感をおぼえる。どこからどう見たって綺蓉であるのに、どこかちがう。おなじ屋根の下に美咲がいるというのに、今夜は自分を抱けという。彼女にしているように口づけろと迫ってくる。こんな女ではなかった。こんな、男の欲望につけこんで自分の存在を訴えてくるような女では――。

そこまで考えたとき、人の気配に気づいて弘人は縁をふり返った。

いつのまにか、そこには美咲が立っていた。驚きと失望のないまぜになった顔でこっちを見ている。

「美咲……」

弘人が名をつぶやいたとたん、美咲は我《われ》に返ったようにまばたきをひとつふたつして、

「あ……あの、ごめんなさいっ」

短くそれだけ言い残すと、胸元を押さえて踵《きびす》を返してしまう。

弘人は綺蓉のからだを引きはなした。

「すまない」

綺蓉の目を見てはっきり告げてから、ただちに美咲を追った。

「弘人様」

綺蓉の細い声が名を呼んで引きとめたが、彼女のもとに戻るわけにはいかなかった。弘人はふり返りもせずにそのまま部屋を出た。


残された綺蓉は、ひとりその場に立ちつくした。

行燈に照らされて、報《むく》われぬ恋を嘆《なげ》く哀《かな》しみに満ちた顔がぼんやりと浮かびあがる。

けれどその面《おもて》は、じきに無表情に変わった。そして、抱きあう自分たちを見て衝撃を受け、いまにも脆《もろ》く崩れそうになって去っていった妖狐《ようこ》の娘を思って愉悦《ゆえつ》にゆがむ。

「くふ。……くふふ」

娘の中に芽生えるであろう嫉妬《しっと》の念を期待して、その唇から不吉な笑みが洩《も》れた。

## 4

「待てよ」

本殿と客殿をつなぐ渡殿《わたどの》の真ん中で、美咲《みさき》はあとを追ってきた弘人《ひろと》に腕をつかまえられた。

弘人が綺蓉《きよう》を抱きしめていた。

弘人に身をあずけた綺蓉は、甘い声で口づけをせがんでいた。

ふたりが関係をもっていたとは知らなかったので、美咲は気が動転して頭がまわらぬ状態だった。ただ、あの場からは去らねばならないと思ってひとまず逃《のが》れてきたのだ。

「あ、あの、ごめんなさいっ。あたし、綺蓉に簪《かんざし》を見せてもらうことになってて、それであの部屋に……。あの、べつに盗み見するつもりなんかなかったんだけど、びっくりしちゃってつい……」

美咲は弘人から目をそむけたまま、あたふたと言い募《つの》る。たったいままでべつの女性を抱きしめていた相手の目を見て話すことはできなかった。

綺蓉との約束の時刻は亥《い》の刻で合っているはずだったと思ったが、なにがどうなって、あんなところを目にする羽目になったのかわからない。

「落ち着け。綺蓉とはなんでもないんだ」

弘人は諭《さと》すような声音《こわね》で告げる。弘人はいたって冷静だ。なぜこっちがこんなにもあわてているのかとばからしくなるくらいに。

「なんでもない……？」

そう言われても、抱きあう姿など見てしまったらどうしても疑いをもちたくなる。

ふたりのあいだになにもないことは、以前、綺蓉の口から聞かされている。弘人は自分には一切そういうことは強要してこないのだと。けれど――。

「綺蓉の方はそうでもなかったみたいだわ」

口にしてはじめて、美咲は自分がそのことに動揺しているのだと気づく。

弘人の気持ちではなく、綺蓉の気持ちのほうに。

弘人は否定も肯定《こうてい》もせず、むずかしい顔で黙りこんでいる。彼女の気持ちに関しては、弘人がなにか言いわけすることもできない。

弘人には、いまは亡き綺蓉の姉・白菊《しらぎく》を想《おも》っていたという過去があったために、これまではあまり深くその存在を気にしたことはなかった。彼女自身、弘人に対して自分がどういう感情を抱いているのかわからないと言いきっていた。決して主《あるじ》に逆らわぬように——ただ、そうしつけられてきたから弘人に従っているだけなのだと。

それに実際、彼女が弘人に色めいたそぶりを見せたことは一度もない。美咲に対しても、〈御所《ごしょ》〉ではじめて会ったときも、その後、お茶の指導につきあってくれたときも、まるで兄の嫁にでも接するかのように、あたたかく自分のことを受け入れて見守ってくれた。

優しく自分たちを見守る陽《ひ》だまりのような女《ひと》——。

けれどそうあることを弘人が望んでいて、ただそれに従っているだけなのだとしたら。

(綺蓉のほんとうの気持ちは、ヒロにむいているんだわ……)

そばで一緒に暮らす異性を好きになってしまうのは、ごく自然なことだ。あまつさえ、彼の子を産む役目を与えられた側女《そばめ》である。綺蓉が弘人に惹《ひ》かれるのは、べつに悪いことでもなんでもない。

けれど美咲は、いまやどうしようもない居心地の悪さを感じていた。

なにも知らないでいるのと、知ってしまったあととでは、見える景色もちがってくるのだ。

美咲は、こちらの出方をまって沈黙を保っている弘人の目を見て告げた。

「ひとりにさせて。いろいろ考えたいの。でも、ヒロもひとりで過ごして」

綺蓉とはいっしょに過ごさないで。そう言ったつもりだった。かたちばかりだが、弘人の本妻となったのは自分である。それくらいのわがままを言う権利はある気がした。

「ああ、わかったよ」

弘人は心得たようで、まじめな声で頷《うなず》くと美咲の腕をはなした。彼自身も、なにか考えたいようだった。

「おやすみなさい」

美咲はそれだけ告げると、ひとり客殿のほうにむかった。

弘人が嘘《うそ》をついているようには見えなかった。彼の心は自分の側《がわ》にある。態度からもそれは十分にわかる。気持ちの整理がつけば、明日にでももとどおりになれる気がした。

ただ、綺蓉にどんな顔をして会えばよいのかがわからなかった。本来ならば、綺蓉は弘人とあんな関係になっても許される相手なのだし、むしろ結ばれて鵺《ぬえ》の子を産めば、橘屋《たちばなや》にとっては喜ばしいことになる。

美咲は、重いためいきを吐きだした。

口づけを見られたときとおなじ心地だった。綺蓉の気持ちがわかってしまったいまとなっては、自分が彼女から弘人を奪ってしまったような錯覚さえおぼえる。それはたぶん、綺蓉のほうが、自分よりもずっと長い時間を弘人と過ごしてきたからなのだろう。

（綺蓉はあたしたちの結婚を祝福してはくれないのかな……）

いままでずっと味方をしてくれた優しい彼女が、自分から遠いところへ行ってしまったのが美咲にはせつなかった。

# 第二章　指輪を買いに

## 1

綺蓉《きよう》は夢を見ていた。
弘人《ひろと》にとりすがる自分。
困り果てて自分を抱きとめる弘人。
ふたりを見てて傷つく美咲《みさき》。
そしてその傷ついた彼女を見て、愉悦《ゆえつ》に頬《ほお》をゆがめる残酷な自分の姿を――。
目覚めると、枕元《まくらもと》に茜《あかね》がいた。
「茜……」
ちがった。そうではない。この女は茜ではないのだ。
綺蓉はむくりと起きあがった。

障子戸《しょうじど》があいていて、彼女の背後によく肥《こ》えた月が見えた。傾き具合からして真夜中なのだとわかった。

ここは奥出雲《おくいずも》にある天ケ淵《あまがふち》という名の湖に立つ社《やしろ》だ。自分はどういうわけかその朱塗《しゅぬ》りの柱の社の一室に軟禁《なんきん》されている。ここでは〈御所《ごしょ》〉とは異なり昼間に活動することもないので、自然と夜半に目覚めることが多い。

「あなたは、清姫《きよひめ》……」

綺蓉は警戒を深めてつぶやいた。この社に棲《す》む蝦蟇《がま》使《づか》いの男が言うには、茜という名の女官《にょかん》はすでに死んで、清姫がなりかわっていたのだという。

茜はふっと赤い紅《べに》をさした小さな唇《くちびる》をつりあげた。

「そうじゃ。わらわは清姫。茜はもうとっくに死んでおるわ」

茜の顔をした清姫は、そう言ってどろりと輪郭《りんかく》をなくして清姫に変わった。

凡庸《ぼんよう》だが愛嬌《あいきょう》のあった茜とはまったく異なる顔がそこにあらわれる。妙齢の女に見えて、どこかあどけない雰囲気《ふんいき》のある面立《おもだ》ち。その丸みのある眼《まなこ》のせいだろうか。艶《つや》やかな漆黒《しっこく》の髪は畳《たたみ》に届くほどに長く、雅《みやび》やかな柄《がら》の入った緋色《ひいろ》の打掛《うちかけ》を羽織っている。

「雲劉《うんりゅう》という蝦蟇使いから聞きました。ひどいわ。なぜ茜を殺したのです。あの子がなにをしたというのです……」

ともに過ごした時間は短かったが、本物の茜は明るくて話しやすいよい子だった。いったい、いつからこの清姫と入れかわっていたのだろう。

すると清姫は、手にしていた扇《おうぎ》をぱらりとひらき、それでゆっくりと顔に風をおくりながら言った。

「本店の若殿の情報を手に入れるためじゃ。〈御所〉であやつにもっとも詳しいのはおぬしであろう。だからあの茜という見習いを始末してなりすまし、おぬしに近づいたのじゃ。西ノ区《とりく》界《かい》にいるはずの若殿本人がまさか〈御所〉に戻ってくるとは思っていなかったけれどな？」

たしかに綺蓉も弘人の里帰りには驚いた。修行をすると言って戻ってきて、そのままひと月近く今野家《こんのけ》には戻らず、嵯峨《さが》の山で修行に明け暮れていたのだ。

「弘人様をさぐってどうするというのです」

綺蓉は険のある面持《おもも》ちで鋭く問いただす。

すると清姫は、口元にはりつけた邪悪《じゃあく》な笑みをすうっと扇でかくしながら言った。

「目的は、西ノ分店の娘の首じゃ」

綺蓉ははっと目を瞠《みは》る。

「美咲様の？　あなたは、高札場《こうさつば》の貼《は》り紙を見たのですか」

美咲は、悪さをした妖怪を閉じ込めておく隠《かく》り世《よ》の刑務所――高野山《こうやさん》の高札場に、血文字で名前が貼りだされた。そこに名のあがった者の首を獲《と》ると、高野山の中では金と地位を約束されることになっている。

高野山の頂点に立てば、隠り世じゅうに悪名を轟《とどろ》かせることができる。ゆえに、投獄《とうごく》を厭《いと》わないごろつきが野心を燃やし、標的となった者の首をもって高野山へ入るべく、こぞってその者を狙《ねら》いにかかるのだ。

綺蓉は、弘人が修行を終えてふたたび〈御所〉を去るときにその話を彼から聞かされた。

「おぬしはあの娘が憎かろ？」

清姫は口元を隠したまま、目を細めて綺蓉をのぞきこむ。

「憎い……？」

「そうじゃ。さきほどの夢は、今宵《こよい》、わらわがおぬしに化けて実際に起こしたこと。おぬしの願望。ぜんぶ、おぬしが望んだことじゃ」

「実際に？」

綺蓉はなぜかぎくりとした。

ぜんぶ、わたくしが望んだこと？　――弘人に甘えることも、それによって美咲が傷つくのも、自分が望んだことだというのか。

清姫はひとつ頷《うなず》いてつづけた。

「わらわは茜としておぬしとともに〈御所〉で仕事をしながら、いろいろな話を聞いた。おぬしの苦しみはこのわらわには痛いほどよくわかったぞ。おぬしは若殿を想《おも》っていた。それなのに、あの妖狐《ようこ》の娘があらわれてから若殿は変わり、すべてがおかしくなってしまったのじゃ」

「美咲様があらわれてから――……」

綺蓉は、ずっと自分の胸に秘めていた感情をぐらりと揺さぶられるのを感じた。

夢の中の美咲は、抱きあう自分たちを見てひどく傷ついていた。それを見て、自分はたしかに笑っていた。彼女がずっと妬《ねた》ましかったから。彼女がいなければいいのにと心のどこかで思っていて、彼女の不幸は気分がよかったからだ。

はじめて美咲を見たのは、春先の会合の夜だった。

かわいらしい少女だった。とりたてて顔のつくりが優れた美人というわけでもないのに、溌《はっ》剌《らつ》としたまっすぐな眼がきらきらと輝き、健康的な美しさをたたえていて目をひかれた。

春先に、酉ノ分店から十日ぶりに戻った弘人が、一緒になることになりそうな女だとしきりに跡取り娘の話をするのでずっと気になっていた。

弘人の分店への婿入《むこい》りの話は、かなり前から囁《ささや》かれていたことだ。

本人は、婚姻など橘屋《たちばなや》の組織を磐石《ばんじやく》なものにする手段のひとつとしか捉《とら》えていないようだった。自分が婿としてどこに貰《もら》われていこうがなんの感慨《かんがい》もない。裏町をとりしきる一族の駒《こま》となって、橘屋を守ってゆくだけなのだと、そう言っていたのだ。

けれど、美咲と出会ってから、なにかが変わった。酉ノ分店から戻って以来、彼の中で止まっていたはずの時計の針が、ゆっくりと動きだしてしまった。

決定的にそれを感じたのは、のちにひらかれた会合の夜のことだ。

美咲が席をたってから、弘人がそのあとを追った。自分は給仕をしながら、その動きを見ていた。常に彼に気を配り、必要があれば手を貸して助けるのが自分に課せられた仕事である。

広庇《ひろひさし》で、慣れない異界の酒に酔った彼女を、弘人が抱きとめて介抱《かいほう》しているのを見た。

美咲を見つめる弘人にはおぼえがあった。まるで姉を——白菊《しらぎく》を見るときとおなじ、熱のこもったまなざし。散りゆく夜桜のもとで、うっとりと見つめあうふたりは、まるで一幅《いっぷく》の絵のようだった。

あのとき、弘人が美咲に口づけを誘うのを知っていて、自分はわざと声をかけた。その瞬間にはじまってしまうであろうふたりの関係を、自分のために絶ってしまいたかったから。

その少女が自分のもとをたずねてきたのは、それからひと月あまりが過ぎてからのことだ。

姉の白菊について聞かせてほしいという。弘人の過去を知りたがる彼女は、すでに彼に恋をしていた。

弘人を知りたがる姿が、いじらしくてかわいらしかった。邪気のないその少女を、決して嫌いではないと思った。まつことしかできない自分を、彼女にかさねていたのかもしれない。自分がこの少女になりたい。この少女になって、弘人を愛し、愛されてみたい――。

美咲が去ったあと、綺蓉はひとり目を伏せた。

いいようのない焦《あせ》りが胸を支配していた。あの子に、奪われてしまう。自分の中の、いちばん大切なものを。

邪《よこしま》な感情が生まれているのがわかった。妬みだ。なんという汚らしい感情なのだろう。姉に抱いたまま消えたはずの感情を、また抱くことになるなんて。弘人は生涯、姉以外の女を好きになることなどないのだろうと、そう信じていたのに。

『弘人様は、あの子に惹《ひ》かれているのですか』

面とむかってたずねれば、なんと答えたのだろう。まだ本人さえも自覚がないのかもしれないころ、そうして何度も問いを呑《の》み下した。答えを聞く覚悟はなかったから。

清姫は、感情をゆりうごかされてうろたえる綺蓉を見て、にやりと朱唇《しゅしん》をゆがめた。

「おぬしは、若殿が望む相手なら受け入れねばならぬと、理解のある女を演じ続けてきたのじゃろ。あの娘に優しくしたのは、若殿と、自分自身のための芝居であったのじゃ。ちがうか？」

「芝居……？」

たしかに、いつも弘人のために自分がどうあるべきかと考えて行動してきた。それが芝居であったのかどうかまではわからないけれど。

ただ、やはり美咲を妬む気持ちがあるのはたしかだ。あんなにも尽くしてきた相手を、ある日とつぜん奪われた。わたくしの生きる理由を――、
そこまで考えて、綺蓉ははっと我《われ》に返る。

清姫の言葉に煽《あお》られて、胸に秘めたはずの邪《よこしま》な感情がうごめきだしている。

綺蓉は邪念が増幅するのを感じながら、苦しげにつぶやいた。

「弘人様が、〈御所〉に戻ってこなければよかったのに……」

一度、西ノ分店に出ていった弘人が、修行をしなおすとかで夏のはじめに戻ってきた。それでまた淡い期待を抱いてしまったのだ。このままずっと、自分のそばで暮らしてくれればいいのにと。

戻ってこなければ、あのまま弘人を忘れることができたかもしれないのに――。

清姫は言った。

「若殿はなにも悪くない。恨《うら》むべきはあの妖狐の娘じゃ、思い出せ、綺蓉。〈御所〉で睦《むつ》みあっていたふたりを。あの娘は色で男をたぶらかしている文字通りの女狐《めぎつね》じゃ」

たしかに、ついこのまえ、会合の夜に再会したふたりが広庇で口づけしあっているのを見た。茜にことづけを頼まれて、偶然目にする羽目になったのだ。

春のころよりも、関係はずっと深まっていた。ふたりが睦みあう姿など見たくもない。けれど、あえて目に焼きつけた。その姿を見て、弘人への未練をしっかりと絶ちたかったから。

けれどうまくいかなかった。あのあと茜がどこからともなくあらわれて、自分に妙な入れ知恵をしてきたせいだ。

『ねえ、姉さん。弘人様の選ぶ女人《にょにん》など、みな呪《のろ》い殺してしまえばいい。誰もいなくなってしまえば、きっとまた〈御所〉へ、姉さんのもとへと戻ってくるわ』

そう言って茜は教えた。自分を責めるのではなく、相手を呪えばよいことを。

弘人の選ぶ女人など、みな呪い殺してしまえばいい。誰もいなくなってしまえば、きっと自分のもとへ戻ってくるのだと――。

綺蓉ははたと目の前の清姫を見た。あのときの茜は、まぎれもなくこの清姫であった。

弘人と美咲が睦みあうところに自分を引きあわせたのも、計算のうちだったのだろう。

綺蓉は、清姫の言葉にのせられて、自分の中の邪な感情がますます膨張《ぼうちょう》するのを感じた。

美咲はいま、まさに高野山の受刑者たちの悪質な娯楽の犠牲《ぎせい》にされようとしている。

それでいいのだ。首を刎《は》ねられて、死んでしまえばいい。彼女が死んでいなくなれば弘人は悲しむが、傷ついた心を抱えてきっと〈御所〉に帰ってくる。この自分のもとに。

美咲を失った悲しみなど、時とともに風化するからいい。姉、白菊の死も、弘人はそうして乗り越えたではないか。

美咲さえいなくなれば、自分のいちばん大切なものを、奪われずにすむのだ。

「いけない。こんなことを考えては」

気づきたくない感情に押しつぶされそうになって、綺蓉は口元を押さえた。

「くふ。……くふふ」

愉悦に頬をゆがませていた清姫が、不吉な含み笑いをもらした。

「よいぞ、綺蓉。嫉妬《しっと》がわらわの妖気の源《みなもと》となって美しい炎の花を咲かせるのだ。そのままあの妖狐を呪え」

「やめなさい、清姫」

綺蓉は面《おもて》をあげ、胸にうずまきはじめた醜《みにく》い感情をおさえるためにぐっと清姫を睨《にら》んだ。

ここで挑発にのってはいけない。この感情が、この妖女の糧《かて》となって美咲や弘人に害悪を及

ぼすことになる。

「ためらうことはない。恨みを解放して自由になるのじゃ、綺蓉。あの女狐を、恨んで恨んで、恨みぬいて呪い殺してしまえ。ほほほほ……」

清姫は綺蓉の動揺を見抜いて、甲高《かんだか》い声で笑う。

不敵な哄笑《こうしょう》が朱塗りの社じゅうに響きわたり、綺蓉の中に潜《ひそ》んでいる嫉妬の念を煽りたてる。

「ちがう。わたくしは……美咲様を恨んでなど……」

綺蓉は苦悶《くもん》に顔をゆがめて言葉をしぼりだす。けれど、否定しきる自信がないために、それは清姫の笑い声にかき消されてしまう。

あの方を恨んでなどいないはずなのに――。

「あきらめよ、綺蓉。すまして暮らしてきたが、おぬしはわらわとおなじ、嫉妬の鬼だったのじゃ。ほほほほほ……」

清姫はそう言って笑いながら、両手で顔を覆《おお》ってその場にうずくまる綺蓉を奈落《ならく》の底に追いつめていった。

## 2

翌朝。

葭戸《よしど》の隙間《すきま》から射《さ》し込む光でほの明るくなった寝間で、糊《のり》のきいた清らかな敷布と上掛けにくるまったまま微睡《まどろ》んでいた美咲《みさき》は、縁のほうから人の気配がするのに気づいて目をひらいた。

やがてからりと戸があいて、その人が朝の陽射《ひざ》しとともに静かに部屋に入ってきた。

弘人《ひろと》だった。

「あ、おはよう……」

美咲は陽射しに目をそばめながら、掠《かす》れた声で言った。

寝起きを見られるのは恥ずかしかったが、寝不足のせいでまだ頭がぼんやりしているためか、あわてて飛び起きるようなこともなかった。

「おはよう」

弘人は落ちついた声で返した。それから、美咲の枕元《まくらもと》にやってきてすわった。

美咲はのっそりと起きあがって、寝ているあいだによれた浴衣《ゆかた》をなんとなく整えた。

「眠れたか？」

「ええ」

頷《うなず》きながら顔をあげると、視線がからんだ。

弘人はこっちがどう出ようともゆるがない、包みこむような優しいまなざしをしていた。

「大丈夫か……？」

弘人の指先が美咲にのびて、乱れて頰《ほお》にかかっている髪をそっとはらってくれる。

訊《き》かれたのは、ゆうべのことについてなのだとわかった。けれど、あえてほかの言葉はなにもなかった。

「大丈夫よ」

弘人のおだやかな表情にほっとして、美咲は静かに答えた。実際ひと晩寝たら、ざわついていた心がずいぶんと凪《な》いでいた。

「飯を一緒に食おう。おれの部屋にいま支度《したく》させているんだ」

弘人がやや明るい声で言う。

「うん。着替えたら、行くわ」

自分と弘人とのあいだに、わだかまりはなかった。それがわかって、美咲は安堵《あんど》した。彼もそれをたしかめにきたのだろう。

弘人が去って、きのう舞鶴《まいづる》へ行くために支度した薄物に着替えていると、今度は綺蓉《きよう》がやってきた。

「おはようございます、美咲様」

美咲はどきりとした。

「おはよう……」

美咲は着付けにかこつけてろくに目をあわせぬまま、なんとなく愛想笑《あいそわら》いを浮かべて返した。

どんな顔をすればいいのかがわからなかった。

「簪《かんざし》をおもちしました。これならよく合うのではないかと」

綺蓉は美咲のもとにやってくると、手にしていた袱紗《ふくさ》をひろげてみせた。撫子《なでしこ》の咲いた夏らしい透明のばち簪だった。

美咲は趣味のよいその簪に心惹《ひ》かれて、素直に受けとった。

「ありがとう」

綺蓉は、奇妙なまでにいままでと変わりがなかった。その後は、ほほえみながら着付けを手伝ってくれた。朝餉《あさげ》の部屋で弘人と三人になってからも、もちろんこれまでどおりの態度で、諸々《もろもろ》の支度からふたりの見送りまでを、実に愛想よくなにごともなかったかのようにこなしたのだ。

ゆうべのことについて話をすることは、綺蓉とはもはや永久にないのかもしれないと美咲は思った。

その後、美咲は弘人とともに〈御所《ごしょ》〉を出て、舞鶴にいる錺《かざり》職人のもとへとむかった。

いくつかの抜け道をつかって、舞鶴へ着いたのはそれからほんの三十分ほどたってからのことだ。街道をはずれてしだいに道の幅も狭くなり、ついには叢《くさむら》と木々の生《お》い茂《しげ》ったけもの道のような山路《やまじ》にさしかかった。錺職人は、その先を下った谷に棲《す》んでいるのだという。

あたりは色の濃い葉が鬱蒼《うっそう》と茂り、緑の匂《にお》いがむっとたちこめて、さらにべつの世界に迷いこんでしまいそうだった。

美咲は、昨日弘人に買ってもらった薄桃色の絽《ろ》の訪問着を着ている。さらりと肌をすりぬける、やわらかな着心地。髪に挿《さ》した簪《かんざし》は、朝になって綺蓉がほほえみながら手渡してくれたものだ。

弘人は涼を誘う麻《あさ》の薄物を着ている。落ちついた薄い灰色の着物に、翡翠色《ひすいいろ》の瞳《ひとみ》の色が意外にもよく映えている。

「ヒロはその職人さんと、どういう関係なの？」

美咲は前を行く弘人の背に問う。

「古い飲み友達さ。日和坊《ひよりぼう》なんだ。酒天童子《しゅてんどうじ》を通して知りあった。見た目は若いが、あいつとおなじくらい長いこと生きてるよ」

日和坊――晴天をつかさどる妖怪だ。その妖怪があらわれると空が晴れるのだという。

「そういう寿命《じゅみょう》の長い妖怪とつきあうのって不思議な感じよね。むこうは年をとらないのに、こっちはどんどん年をとって先に死んでしまうわけでしょ？」

酒天童子などは、弘人を赤ん坊のころから知っていて、おそらく死ぬときまで生きている。

「おれたちが、寿命の短い犬や猫の一生を見送るのとおなじような感覚なんだろう」

「なるほど……」

寿命に差があれど、相手の精神年齢に応じて接していけるものだ。

「ほかにもちがう点がある。おれたちみたいな獣型《けものがた》の妖怪は寿命もみじかくて子孫を残そうとするけど、一代限りの妖怪にはそういう繁殖《はんしょく》の本能がなかったり」

「そうなんだ。じゃあ、あたしたちは人間とは近いところにいる種族なのね？」

「まあ、そういうことになるな」

そんな他愛《たわい》ない話をひととおりしつくしたころ、

「ゆうべのことを話してもいい？」

やや遅れて歩いていた美咲だったが、狭い山道で、弘人のとなりに追いついてから切りだした。山が深くなるのにつれて、気温が下がってきているのがわかった。

「ああ、いいよ。おまえもいろいろ考えたんだろ。なんでも聞くよ」

弘人も、それについてを話すつもりでいたらしかった。

「ありがとう。綺蓉はなんにもなかったようにふるまってたわ。もしかして、ヒロが気をつかってそう命じたの？」

あえてふれてこない不自然さがどうもひっかかる。朝から、ひょっとしたらそうなのかと気になっていた。

「いや、おれはなにも。彼女も、まちがったことをしたと思ったんじゃないか。おまえを部屋に呼んでおきながらおれによりそってくるなんて……。なにか精神状態が不安定になっているみたいだな」

立場をわきまえているはずの彼女にはありえないことだと首をひねる。

「ヒロは、いままで綺蓉の気持ちを知っていた？」

「あまり意識したことはなかったが、嫌われてはいないと思ってたよ。まあ、おれに尽くすようにしつけられているんだから当然だけどな。藤堂《とうどう》とおなじで、おれを慕《した》うのも仕事のうちっていうか……」

弘人は淡々と言う。

「そんなの、ヒロが勝手にそう思いこんで、綺蓉の想いを都合よく片づけているだけなのかもしれないじゃない」

実際、静花《しずか》の場合は、弘人の読みどおり、思い込みによる片想《かたおも》いだったが。

「応《こた》えてあげようとは思わなかったの？　綺蓉は、本気でヒロのこと想っているみたいだったわ」

恋のせつなさを知っている今となっては、見ていて痛ましいくらいだった。

「できなかったたな。ゆうべはとくに本気のように見えたから、なおさら……」

弘人は真摯《しんし》な顔をして言う。

「むかし、頼まれたんだ、白菊《しらぎく》に。……妹を大切にしてやってほしいと、頭をさげられた。だから、彼女の気持ちを弄《もてあそ》ぶようなマネはできない」

「白菊と……？」

ひさしぶりにその名がのぼって、どきりとする。

「どっちも遊びの割りきった関係ならいいが、どちらかが本気なのはよくない」

気持ちに応えることができないのなら、遊びでも肌をあわせるべきではないのだ。大切に思っている相手だからこそ――。

「綺蓉を傷つけたら、彼女に対して申し訳がたたない。白菊はもういないんだから、自分の問題なんだけど。陳腐《ちんぷ》な感傷《かんしょう》かもしれないが、約束を破ることで思い出を穢《けが》したくはない」

弘人は過去を思い出しながら、言葉を選びつつ訥々《とつとつ》と語る。

「白菊は兄貴のもので、綺蓉はおれのものだった。おれが好きになったのが綺蓉だったら、なにも問題なかったのにな……」

それでも弘人は分店に婿入《むこい》りが決まっていた身なのだから、綺蓉とははなれる運命にある。

彼女に残されているのは、弘人の嫁に代わって鵺《ぬえ》の子を産むことになる可能性だけだ。

「おまえ、こういう話をするのは嫌じゃないのか？」

弘人はふと美咲のほうを見やって、不思議そうに問う。

「うん。……でも、綺蓉のためにも、はっきりさせておかなくちゃいけないことのような気がして」

こんな事態になったのだから、うやむやにはできない。けれどいま、胸にひっかかる疑問を堂々と口にすることができるのは、弘人のことが信じられるからなのだろう。同時に、彼に愛されている自信がたしかにあるから。

「でも、ヒロはほんとうに白菊のことが好きだったのね」

もう、はかなくなっているというのに、かたくなにその人との約束を守ろうとする。彼女は、弘人の中でどれほどの存在なのだろう。そして、大切にされる綺蓉についても。

自分がこの先ずっと弘人のそばにいられるのだとわかっていても、ふたりの美しい姉妹に、まったくなんの感情も抱かないでいられるというわけでもない。

「一生懸命《けんめい》に惚《ほ》れていた相手だからな」

弘人はそう言って淡く笑む。彼の中から、いまはもう消えてしまった女《ひと》。兄の死ともあいまって、その喪失感《そうしつかん》はいまだに彼の中に影を落としている。

どこかさみしげな顔をしているのが気になって、美咲はそばにあった弘人の手を、半ば甘えるように握った。

弘人が美咲のほうを見る。

目があっても、なにもかけるべき言葉はみつからないが、さみしい思いはしてほしくないと思って美咲は握った手にそっと力をこめた。

美咲の気持ちに気づいたらしい弘人が、よけいな心配はするなという目をして少しほほえむ。

美咲はその表情を見てほっとする。白菊との忘れがたい思い出に浸《ひた》っていた彼が、ちゃんと自分のところへ戻ってきたのだと安堵をおぼえる。

白菊を超えることはできないのだと思う。恋愛感情とはべつなところで、彼女は弘人にとって特別な存在でありつづけるのだろう。これまでも、これからも。

けれど、自分は、そういう弘人ごと愛していけばいいのだということもわかっている。彼のそばにいて、この先もずっと一緒に歩いていけるのはこの自分だ。なにも、悩む必要などないはずなのだ。

# 3

谷に吹き込む風は清澄《せいちょう》で、夏でもひんやりとしていた。

錺《かざり》職人の家は瓦葺《かわらぶき》の木造の一軒家で、あたりには似たような家屋がぽつりぽつりと点在している。現《うつ》し世《よ》に見られる山あいの素朴《そぼく》な村とおなじ眺めだ。

木と木のあいだに張った紐《ひも》に、洗いあがった小袖《こそで》を干している若者がいた。あれが日和坊《ひよりぼう》だと、弘人《ひろと》が指さして教えてくれた。

そばには背に羽を生やした白い犬が一匹いて、彼を見守っている。羽犬《はねいぬ》と呼ばれる、人や家畜を襲うことで知られる妖犬だが、その犬はおだやかな顔立ちをしていた。

羽犬が先に気づいてこちらにむかって走りだすと、

「やあ、いらっしゃい」

日和坊も弘人たちに気づいて声をかけてきた。

「ひさしぶり。元気そうだな」

弘人はにこやかに返した。親しげな相手に見せる笑顔だった。羽犬が弘人のことをおぼえているらしく、飛び跳《は》ねて彼にまとわりついた。

「はじめまして。美咲《みさき》です」

日和坊の前まで来てから美咲があいさつをすると、

「ああ、酉《とり》ノ分店《ぶんてん》の跡取りさん？　僕は日和坊」

若者がほほえみながら名乗る。

なんとも感じのよい若者だった。青年というにはやや若い。どちらかというと小柄《こがら》で、顔だちはそれほど優しげでもないのに、髪や瞳《ひとみ》の色素が薄く、話し方がおっとりしているせいかずいぶんと柔和《にゅうわ》な印象をうけた。

「かわいい羽犬ね。なんていう名前なの？」

美咲が羽犬を見ながら問う。

「クロっていうんだ」

「真っ白な犬なのに？」

「うん。腹の中の色にちなんでつけたんだ」

「え……っ」

こんなにかわいい顔をして腹黒いというのか。

「冗談だよ。……中で話そう」

いたずらっぽく笑った日和坊は、ふたりを屋敷のほうに促《うなが》した。

あとから羽犬がとことことついてくる。

「揃《そろ》いの指輪をつくってほしいって？　仲良くおなじものをするのかい」

日和坊は問う。すでに用件を知っているようだ。八咫烏《やたがらす》にもたせた手紙に記してあったのだろう。

「ああ。現し世ではそんな習慣があるんだよ。夫婦の証《あかし》だ」

そういえば妖怪が指輪をしているのを見たことがないと美咲は思う。

「そうか。おまえたち、夫婦なんだね。なんだか新鮮でいいなあ」

日和坊が、まぶしいものを見る年寄りのような目をして言う。実際、酒天童子《しゅてんどうじ》とおなじくらい生きているということだから、見た目よりもずっと長寿《ちょうじゅ》なのにちがいない。

室内は土間になっており、整然と片づいていた。もっと仕事道具で溢《あふ》れ返っているのかと思っていたが、おさまるものはすべておさまるところにおさまって、ごみのひとつも見あたらない。

北向きに置かれた細工机のうえに、つくりさしの錺が置いてあった。まわりには鑿《のみ》や銀の薄い板などがある。こんな景色をどこかでも見たと思った。遠野《とおの》だ。佳鷹《よしたか》も錺職人で、彼の家にも似たような道具がならんでいた。佳鷹はいま、高野山《こうやさん》でどうしているだろう。美咲はふと頭の片隅で彼のことを思い出す。

正面の棚《たな》には、錺に使用する色とりどりのとんぼ玉が瓶詰《びんづ》めにされてぎっしりとならんでいた。単色のものから、中に花の模様や金箔《きんぱく》のとじこめられたもの、色違いのすじやうねりの入ったものなど様々で、眺めているだけでも楽しい。

「この石、きれいね。光っているみたいに見えるわ」

美咲はいちばん端に置いてある瓶にじっと顔をよせて見つめながら言った。中には七色に光る美しい玉がたくさんつまっている。

「ああ、これね、〈十六夜《じゆうろくや》の里〉で採《と》れる石なんだ。めずらしいだろう？」

日和坊は美咲のそばへ来ると、その瓶を取りだした。

「〈十六夜の里〉？」

はじめてきく地名だった。

「十六夜にしか出入りのできない秘境だよ。その夜を逃すと、次の十六夜を迎えるまで里への道はないし、中にいる者は出ることができない」

「閉じ込められてしまうの？」

「ああ。おまけに里では新月から月が満ちるまでのあいだの十四日間は白夜《びやくや》が続く」

「白夜……」

「そう。その間、里内の道は裏町に輪をかけて不安定で、昨日あった道が今日にはなくなったり、いきなりべつのところに繋《つな》がってしまったり。慣れない者が足を踏み入れると迷ってしまう白夜の迷宮なんだよ」

「白夜の迷宮……。ヒロは知っている？」

美咲は、日和坊から瓶を受けとって中の石を眺めている弘人にたずねる。

「初耳だな。隠《かく》り世《よ》にはそういう特殊な異界がいくつか存在しているけど」

「さらなる異界ってやつね。天狗《てんぐ》の郷《さと》みたいなかんじかしら？」

「出入り口がひとつしかないという点ではまあ似たようなもんだろうな」

弘人が言う。すると日和坊は、

「天狗の郷はたしかにそこに在《あ》るものだけど、〈十六夜の里〉は何者かの力で生みだされた特殊な世界だといわれているよ」

「生みだされた……？　幻《まぼろし》ということ？」

「そうでもない。そこで生まれた物はちゃんとこっちの世界でも存在している」

このへんの不思議な理屈が、現し世育ちの美咲には理解しづらいところだ。

「どうして十五じゃなくて十六夜なの？　なんだか中途半端《はんぱ》じゃない？」

満月の十五夜の里のほうがしっくりくるような気がする。

するとと日和坊は言った。

「里と外部が繋がるのが大潮《おおしお》の干潮時《かんちょうじ》のみなんだけど、大潮っていうのは正確には満月から一日か二日すぎたころに起きる現象なんだよ」

「それで繋がる時を象徴して十六夜の里か……」

弘人が石の入った瓶を日和坊に戻しながら、納得したようにつぶやく。

「まあ、僕も石欲しさにときおり足を運ぶだけでくわしくは知らない。すべて人づてに聞いたあいまいな話さ。これは、そこに流れている川底でとれる石なんだ」

日和坊はそう言って瓶のふたをあけ、小さな七色の輝石《きせき》をつまみあげる。

「奥出雲《おくいずも》のとある湖の真ん中にある鳥居《とりい》がその里と繋がるんだが、そのときに流れてきたものが、道が閉ざされたあとも裏町《こっち》の湖の底に残っているんだ。きのう、ちょうど石をきらしていたんで、そいつを拾いに行ってきたばかりなんだよ」

美咲は日和坊から石を受けとった。

不思議な石だった。つるりと磨きあげられた表面は七色で、見る角度によって色を変える。

連子窓《れんじまど》から入ってくる陽射《ひざ》しをあててみると、反射して石がきらりと光を放った。

「きれい……」

家屋内の暗がりできらきらと輝く石は、まるで宝石のようだ。

美咲はわざと石を光にかざして、しばらく色の変化を楽しんだ。

「あなたはその十六夜の里に行ったことがあるの？」

美咲は四人掛けの机にすわってから、むかいの日和坊にたずねる。

「ああ、何度か足を運んだことがあるよ。とにかく迷ったらおわりだから、あまり身動きはとれないんだけどね」

日和坊は自分の足で歩いてつくりあげた独自の地図をもっているのだという。

「里には、だれか棲《す》んでるのか？」

美咲のとなりにかけた弘人がたずねる。

「ああ、うっかり紛《まぎ》れこんで、そのまま棲みついている妖怪になら何度かあったことがある。……そうそう、その出入り口となる湖の鳥居の横には社《やしろ》があって、大蝦蟇使《おおがまづか》いが見張りのために棲んでるんだが、そいつがめずらしく鵺《ぬえ》の女を囲っていたよ」

日和坊は思い出したように言った。

「鵺の女？」

「うん。ちらと見かけたけど、わりと綺麗《きれい》な女だったんだ。それで鵺と聞いておまえを思い出しながら家に帰ってきたら、ひさびさにおまえが飛ばした八咫烏が来てた」

おもしろい偶然だったと言って、日和坊はほほえんだ。

「その見張りって、なにを見張ってるんだ？　里にはだれでも自由に出入りできるんじゃないのか」

弘人が問う。

「さあ。僕が入れるくらいなんだから、基本的には自由だろう。悪い妖怪が入らないようにとか、橘屋《たちばなや》に干渉《かんしょう》されないようにとかか？　僕もよく知らないよ。……指のおおきさを見せて」

日和坊が美咲にむかって言う。

指輪のサイズを調べるのだろう。美咲は言われたとおりに左手をさしだした。

日和坊は美咲の手をとった。細かな作業をする職人らしく繊細な感じのする手先ではあるが、技術をもっているのだと思うとたくましく見える。

「どんなかたちのものがいい？」

美咲のくすり指まわりを巻尺《まきじゃく》ではかりながら日和坊が問う。

「どんなのがつくれるの？」

「夜になると話しかけてくるやつとか、さわるたびに噛《か》みついてくるやつとか」

美咲はぎょっとした。

「そんな指輪、つくれるの？」

「冗談さ。きみは単純な子だね。……できるのは、石を埋めるとか、かたちを少し変えるとか、紋様を刻むとかそれくらいの範囲だよ」

「ふつうの輪で、縁《ふち》に細かい模様があるくらいの程度でいいよ。あまり豪華なものは見飽きてしまう」

弘人が横から口をはさむ。

「そうね。派手なデザインは、たしかに最初はきれいでいいけど、毎日つけていると見飽きてしまいそう。美人は三日で飽きるっていうのとおなじね」

「ああ、質素がいちばんだな」

「なるほど。それでこのお嫁さんにきめたわけだね、弘人」

日和坊は悪意のない顔で言って笑う。

「ひどいわ、日和坊。ヒロもなに笑ってるのよ」

弘人までが、自分の嫁のことなのに他人事《ひとごと》みたいに笑っているから美咲はむくれた。

「ちょっとまっててくれ」

日和坊は立ちあがって、屋敷の裏手にある蔵へむかった。手土産《てみやげ》にここでつけた酒をもたせたいのだという。

支度《したく》をしているあいだ、美咲は羽犬の背に生えている羽に興味をひかれて、そばへよっていった。

「きみは変化《へんげ》の力はもっていないのね？」

美咲は尻尾《しっぽ》をパタパタとふってくれる羽犬に話しかける。純白の羽は、白鳥のそれのようにしなやかでつやがあり、触れてみるとあたたかかった。

弘人も横に来て一緒に頭を撫《な》でたりしていたが、

「ちょっと蔵をのぞいてくる」

美咲にそう告げてから、ひとり部屋を出ていった。


蔵内の空気は冷たく、しっとりと湿り気をもっていた。

六畳《ろくじょう》ほどの狭い蔵だが、酒瓶のほかにも、瓶詰めにされた漬物やら燻製《くんせい》やらがぎっしりとならんでいる。錺の原料調達ついでに入手したさまざまなものが、ひと手間加えたあとにここに貯蔵されているといった感じだ。

「あいつ、どう思う？」

日和坊を追ってきた弘人は、蔵の中に入ってふたりきりになってからさりげなくたずねた。

「いまさら僕の意見を聞いたところでどうなるってもんでもないんだろ？」

棚の酒をさがしていた日和坊は、弘人を見てふっと笑う。

「なんだよ、つれないな。たしかに、ちょっと見せびらかしにきただけなんだけど」

う。

「白い綿《わた》みたいな女だね」

日和坊は取りだした一本の酒瓶を、明かりとりの窓の下にかざして中味をたしかめながら言う。

「白い綿？」

「そう。素直で穢《けが》れがなくて、一緒にいたらあったかそうだ。嫌いじゃないよ。でも半妖怪ってのが丸わかりで、飢《う》えてるやつらには狙《ねら》われそうだな」

「もうさんざん狙われてるんだよ。いまなんて高野山《こうやさん》の高札場《こうさつば》に名があがってるんだ。出くわした事件がいろいろとまずいものばかりで恨《うら》みを買ったらしい」

日和坊は口の堅い男だから話しても問題はない。

弘人の発言に、日和坊は軽く目を瞠《みは》る。高札場に名のあがった者のたどる末路《まつろ》はたいていわかっている。

「そうなのか。知らなかったよ、気の毒に。おまえも気が休まらないね、弘人」

日和坊はそう言って肩をすくめる。

「ああ、大事な女だから精出して守るよ。おまえのほうは、あいかわらず仕事一筋で色気のない生活してるんだな」

棲《す》み処《か》に女が出入りしている気配はないし、これまでの酒の席でも浮《うわ》ついた話を聞いたことがない。仕事一筋の非常に淡白な男だ。

「クロがいれば十分さ。心の荷物は少ないに限る。おまえも、あんまり大事に抱《かか》えこむと、彼女がおまえの弱点になってしまうよ」

「なんだかひっかかること言うなあ。おまえの忠告っていちいち重みがあって嫌なんだけど」

弘人は苦い顔をする。

日和坊はおっとりしているが、物事の本質を見抜く目はたしかだ。美咲に不安があるわけではないが、背中を押してもらえるなら前途洋々だと思ってここに見せにきたのに、冷や水を浴びせられた気分だった。

「ははっ。ひさしぶりに本気で惚《ほ》れこんでいるみたいだから、ちょっとからかってみただけだ。おれの中にあるのは兄貴付きの女官《にょかん》に熱をあげていた青臭《あおくさ》いおまえだからさ」

あのころが、日和坊とはいちばんよく一緒に酒を飲んでいた。当時の自分もふくめてなつかしい心地になる。

「白菊《しらぎく》のことはもう忘れたよ。どのみちどっかに婿《むこ》に入って見張り役をつとめなきゃならなかった。一緒にやっていけそうな相手にあたってよかったよ」

「そうか。……この谷にいるとあんまりわからないけど、里に買い物に出たり、おまえみたいにだんだん変化してゆくやつを見ると、時が流れているんだなって思うよ」

日和坊はしみじみと言ってから、酒の瓶を弘人に手渡した。

「こいつは真冬の山葡萄《やまぶどう》をつけた酒だ。夫婦になったお祝いにやるからもっていけ。指輪のほうは、白金は十分にあるし、近いうちに出来上がると思うよ」

真冬の山葡萄は稀少《きしょう》なものだ。

「ありがとう。指輪は、仕上がったら取りにくるから、また便りをくれ」

蔵を出たふたりは、ならんで屋敷のほうに戻った。

それから弘人は、羽犬に話しかけながらとんぼ玉をならべて遊んでいた美咲とともに、日和坊に別れを告げて谷を出ていった。

# 4

「おかえりなさいませ、弘人《ひろと》様、美咲《みさき》様」

遅めの昼をとってから〈御所《ごしょ》〉に戻ると、綺蓉《きよう》とふたりの女官《にょかん》が手をついて出迎えてくれた。

「ただいまー」

美咲は履物《はきもの》をぬぎながらにこやかに返す。

「冷たいお茶をお煎《い》れしますから、青萩《あおはぎ》の間《ま》でおまちくださいませ」

綺蓉がやんわりと告げる。

「ありがとう」

青萩の間は玄関からもっとも近いところにある、広庇《ひろひさし》に面した十二畳《じゅうにじょう》の座敷である。部屋の名のとおり、庭先には季節になると青い萩の花が咲くのを眺めることができる。

ふと、弘人がなにも喋《しゃべ》らないのでけげんに思って、美咲は彼をふり返った。

「ヒロ、どうしたの？」

弘人はなにかの気配をさぐるようにじっと一点を見つめていたが、美咲の声がかかると我《われ》に返り、

「いや、なにも……」

とあいまいに返す。それから手に提《さ》げていた酒瓶《さかびん》の包みを女官に渡し、厨《くりや》にもっていくように命じた。

ふたりは女官に導かれて青萩の間に入った。

室内には調度の類《たぐい》はなにもなく、畳《たたみ》の上には塵《ちり》ひとつ落ちていない。障子戸《しょうじど》の開け放たれたその広々とした空間で、美咲は足を投げだしてすわった。長時間、山路《やまじ》を歩いたのでくたびれていた。

「なんだかちょっと疲れちゃった。暑いせいかな」

からだを締めつけている帯が煩《わずら》わしくてほどきたい気分だった。舞鶴《まいづる》の谷は涼しかったが、街道にさしかかるころには太陽も高くのぼってずいぶん気温が高かった。

「夏休みで運動不足なんじゃないの、おまえ？」

「そんなことないわよ、ちゃんと見回りとか頑張ってたし。でもここは涼しいわね」

造りの大きな〈御所〉の建物の中は、がらんとしていて清涼な空気に満ちている。

しばらく互いに無言のまま涼んでいると、

「おまたせいたしました」

綺蓉が盆に冷えたお茶をならべてやってきた。

「舞鶴はどうでした？　用は無事にお済みになりましたか？」

綺蓉は硝子《ガラス》の湯呑《ゆの》みに注がれたお茶を、弘人の前にさしだしながらつぶやく。

「ええ。谷に棲《す》む職人さんのところに行ってきたの。羽犬《はねいぬ》と一緒に暮らしてて、真っ白いのにクロっていう名前がつけられてたわ。背中に、いまにも飛べそうなきれいな羽をもってるかわいい子だった」

美咲はクロの背に生えていた羽を思い出しながら返す。ほかに、輝く七色の石のことや〈十六夜《じゅうろくや》の里〉の話もしようかと思っていたところへ、

「美咲、綺蓉に借りた簪《かんざし》、似合っててかわいいな」

あぐらをかいてくつろいでいた弘人が、とつぜん、美咲の髪を見やって言った。

「え?」

美咲は耳を疑った。さんざん一緒にいて、これまで褒《ほ》めなかったくせに、なぜいまになって褒めるのか。

「なんなのよ、急に……」

面とむかって褒められると照れくさいものだ。もともと弘人は、思っていてもわざわざ口に出すようなタイプでもないのに。

自分のほうにのびてきた手が不自然なので、美咲は一歩後ずさった。

「なんで逃げるんだよ。こっちにこい」

案《あん》の定《じょう》、二の腕をつかんでひきよせられる。

「ちょっと……、酔ってるの?」

美咲はうろたえた。目の前では綺蓉が自分たちのためにお茶をだしているというのに――。

「酔ってない。おれがいつ酒飲んだんだよ。祝いにもらった酒なら厨にあずけたよ」

言いながら弘人は美咲を腕で囲うと、彼女の肩に顔をよせて首筋にかるく口づけを与えてきた。

「あ……」

くすぐったくて熱い感覚に、思わず美咲は声をもらす。

「なに反応してんの。おまえ、ほんとうはこういうの好きなんだろ」

間近でそんなせりふを吹き込まれてどきりとする。

「よしてよ。変なこと言わないで」

美咲は耳まで真っ赤にして弘人の胸を押し返した。

「わかった、好きなんだな。じゃあ、今夜続きをしてやるよ」

弘人は口の端で笑うと、懲《こ》りずに美咲のからだを抱いて甘い声で誘いかけてくる。

「勝手なことばっかり言わないで。お上《かみ》に報告してからっていう話だったじゃない」

せっかく涼んでいたのに、くっつかれて暑苦しいやら恥ずかしいやら。

「夫婦なんだからいいだろ。いつまで待たせるつもりだよ」

じたばたと暴れる美咲を抱きすくめ、弘人はさらにこめかみに口づけながらせがむ。

「もう、どうしちゃったのよ、ヒロは！」

綺蓉がみかねたようすで腰をあげるのがわかって、美咲はますます居心地が悪くなった。

舞鶴からの道中はまじめで節度も保たれていたのに、〈御所〉に戻ったとたん度が過ぎるほどにちょっかいを出してくる。美咲は、弘人のおかしなペースにもっていかれまいと自分を奮《ふる》いたたせるよう、思いきり弘人を押しのけた。

すると弘人が、

「見たか、あの顔」

急に声をひそめ、去ってゆく綺蓉のほうを目で示しながら小声で言う。

「あの顔って……」

つられて美咲は綺蓉のうしろ姿を見やる。たしかに、目の端でとらえた彼女は怒りや憎しみを滲《にじ》ませた鬼のような形相《ぎょうそう》をしていた。だが美咲は、弘人が思いのほか心無いことを言うのでそっちのほうに驚いたのだ。

「ヒロ……、なんて性格悪いのよ！」

綺蓉は弘人のことを想《おも》っているというのに。その彼女の目の前でこんなふうに仲睦《むつ》まじくふるまっていたら、気持ちを踏みにじることになるではないか。

色めいた態度で熱くさせられたからだが、一気にさあっと冷えてゆくのがわかった。

「どうしてあんなことするのよ。綺蓉の気持ちを知っていて、弄《もてあそ》ぶようなマネをして。見損《みそこ》なったわ」

弘人の態度が不快で信じられず、ほとんど軽蔑《けいべつ》のまなざしで睨《にら》む。弘人がこんな非情な男だったとは知らなかった。これでは綺蓉があまりにも気の毒だ。

「ちがう、そうじゃない。綺蓉の表情を見たか？　あれは綺蓉じゃない」

「えっ？」

冷静に告げられ、美咲は絶句した。弘人からはすでに色気がさっぱり消えうせて、いつもの彼に戻っている。

――綺蓉ではない。

「じゃあ、だれだっていうの？」

美咲は戸惑《とまど》いながら訊《き》き返す。

「わからない。なにか男女の仲を妬《ねた》む、嫉妬《しっと》深い妖怪だ。清姫《きよひめ》とか、橋姫《はしひめ》とか、高女《たかじょ》とか。うまいこと綺蓉と一体化しているから、実体を暴きださないことには判断がつかないが。あの般若《はんにゃ》のような顔つきと、嫉《そね》みで異常に強まる妖気でたったいま確信した」

「嫉妬深い妖怪……」

清姫も橋姫も高女も、男に裏切られたことを根に持つ妖怪で、人の抱く嫉妬心を糧《かて》に生きている妖女である。

「なぜそんな妖怪が綺蓉に憑《つ》いてるの……。ほんとうの綺蓉はどうしちゃったのよ？」

事態がにわかに深刻化する。

「わからない。ゆうべの態度もおかしかった。一晩考えて、やっぱりあれが綺蓉だったとは思えないんだ。たぶん、綺蓉がいなくなったというあの日になにかが起きたんだろう。あの日以降、彼女は何者かに憑かれている」

「憑かれて？」

「おまえ、ゆうべ綺蓉に呼ばれたからおれの部屋に来たと言っただろ。彼女はわざとおまえを呼んだんだよ。おれと彼女の仲を見せつけるために」

実際、弘人が拒《こば》んだために抱きあうところまでで済んだわけだが。

「見せつけてどうするというのよ」

「おまえに嫉妬させて妖気を得る……とかか？　目的まではわからないが。綺蓉がそれに利用されていることはまちがいない」

「利用……」

たしかにゆうべの綺蓉や、さきほどの顔は、まったく彼女らしくない。憑かれているのだと言われれば、そんな気がしないでもない。

「だったら、はやく相手の正体をつきとめて綺蓉を助けだしてあげなくちゃいけないわ」

弘人に怒っている場合ではない。

「ああ、そうだな」

弘人も神妙な顔で頷《うなず》く。

（綺蓉……）

ここへ来て失せたはずの胸騒《むなさわ》ぎが、ふたたび美咲の中に生じる。

綺蓉がなにかに憑かれている。しかし、嫉妬の妖怪がなんのために彼女に憑き、自分たちの前にあらわれたのかも見当がつかない。

一方で、あんなふうに弘人に迫る綺蓉が偽者《にせもの》だったと知って、美咲はこころのどこかでほっと安堵《あんど》をおぼえてもいた。

「――で、さっきの馴れ馴れしい態度はその妖怪の正体をさぐるための演技？」

美咲はじろりと弘人を見やって問う。

「ああ、まあ、そんなとこだな」

「なによ。あたしひとりでどきどきしてバカみたい」

美咲は口をとがらす。どうりで不自然だと思った。いきなり褒めてかわいがるなんて。

「べつにまったくの芝居ってわけでもない」

弘人は綺蓉が出していったお茶を飲みながら言った。

「えっ？」

「そろそろいっしょに寝ないか？　おまえ、今夜も〈御所〉に泊まれよ。まだ夏休みだし」

目をあわせ、あくまで気軽な感じで弘人は誘ってくる。

「え、ええと、もうちょっと待って。〈御所〉には泊まってもいいけど、その……一緒に寝るのは……。綺蓉がもとに戻るまでは……」

美咲は弘人から目をそむけると、高鳴りはじめた胸を押さえながらしどろもどろに返す。

なにも綺蓉に義理立てする必要はないのだが、彼女が憑かれているという気がかりな要素を抱《かか》えたまま結ばれるのはなんとなくいやだった。それに、弘人がまだ断ってもいいという顔をしていたように見えたから、ついそれに甘えてしまった。

「それもそうだな」

弘人もため息をひとつついて納得すると、すんなりと引きさがった。

冗談でもしつこく誘ってこないところをみると、綺蓉の身を案じる気持ちは彼もおなじらしかった。

## 5

その後、弘人《ひろと》は、閻魔帳《えんまちょう》を読んで勉強してこいと美咲《みさき》を書庫に行かせてから、自分は現し世《うつしよ》の出張から戻ったばかりの兄・鴇人《ときひと》のもとへとむかった。

美咲につきあうつもりだったが、話があるとかで彼に呼びだされたのだ。

鴇人は反橘屋分子《はんたちばなやぶんし》から深手を負わされ、長期間にわたって養生していたが、ようやく傷も完治して現し世の㈱橘屋の仕事に復帰した。しばらく精力的に働きまわっていたが、めずらしく〈御所《ごしょ》〉に帰ってきてくつろいでいるところをみると疲れが出たらしい。

「どうなりましたか、生鮮食品売り場の導入は」

本殿にある兄の部屋で、弘人は畳《たたみ》二枚ほどの間隔をあけてすわりながら世間話をもちだす。

鴇人は文机《ふづくえ》の前にすわり、懲《こ》りずにパソコンの液晶をながめて仕事をしていたが、弘人が話をはじめると手を止めてこっちを見た。

「うちも首都圏から順次やっていこうということになったよ。食材キットなんかもならべて、働く忙しいお母さんやふたり暮らしの高齢夫婦もあざとく誘いこんでね」

利便性を向上させて利用客層の拡大を狙《ねら》うのだ。

「生鮮食品がならんだら、もうスーパーと変わりませんね」

「よそじゃ、子供の一時預かりをはじめたところもあるからね。最近コンビニの使われ方も変化してきているんだ。第二四半期の業績も好調で、おれとしてはちょっと面白くなってきたところさ。……そんなことよりヒロくん。綺蓉《きよう》がおかしいね」

鴇人は腕組みしながら話題を変えた。これが本題だろう。

「気づいてましたか」

弘人はさすが兄だなと思いながら返す。現し世の仕事のことしか頭にないように見えて、隠《こ》り世《ち》に異状があれば見逃さない。

「うん。しばらく現し世《むこう》で仕事に夢中になっているあいだに、〈御所〉に入りこんだらしい。どうも彼女から妙な妖気を感じるんだよな」

「おれもさっき舞鶴《まいづる》から戻ってきたときに気づきました。ゆうべから態度がおかしいとは思ってたんですが」

弘人は般若《はんにゃ》のような顔をした綺蓉を思い出しながら言う。

「あれは清姫《きよひめ》だね」

兄はわりと確信をこめて言った。

「清姫……」

安珍《あんちん》と清姫の伝承は『道成寺物《どうじょうじもの》』として能楽《のうがく》や歌舞伎《かぶき》などでよく知られている。参拝の途中に泊まりに来た安珍という名の僧に懸想《けそう》した清姫が、彼の出立後《しゅったつご》、想《おも》いを汲《く》んでもらえず騙《だま》されたことを知って激怒し、蛇身《じゃしん》となって安珍を追いまわし、しまいに道成寺の鐘《かね》に隠れた彼を炎で焼き殺すという話だ。

この現し世での凶行がそのまま隠《かく》り世《よ》にもひろまり、嫉妬心《しっとしん》を喰《く》らうその執念深い蛇妖女《へびようじょ》の通り名となった。

「なんでそう思ったんです？」

弘人はたずねる。

「勘《かん》だな。なんだか火の気配がする」

「勘……」

直感は、妖怪の実体を探るうえで重要なものではあるが。

「楓《かえで》の膨《ふく》らんできた腹を撫《な》でてかわいがっていたら、なんだか剣呑《けんのん》な目をしてこっちを見てきたもんだからおかしいなと思ってさ。しかしなんで綺蓉に憑《つ》いたんだろうな。おまえと美咲ちゃんとの関係がおもしろくなかったのか……」

「あいつとの結婚ならちゃんと喜んでくれましたよ」

「それは表向きの顔だろう。実は、はらわた煮えくり返ってたのかもしれない。女って裏でなにを考えているかわからないから怖いんだよ。憑かれたってことは、つけ入る隙《すき》がたしかに彼女にあったってことだからね。もてる男はつらいね、ヒロくん」

「茶化さんでくださいよ。綺蓉とは男女の関係にはなっていないし、お互いそれを望んだおぼえもありません」

「おまえたちの場合、綺蓉が白菊《しらぎく》の妹ってのがネックだったから、なにもはじまらなかっただけなんだろう」

「そうでもないですよ。身近すぎてあまり深い関係になる気も起きませんでした。こじれた場合に面倒ですし」

「ああ、それはあるな。兄さんも、お側女《そばめ》はただれた関係になる前に里へ帰したよ。楓と結婚する少し前だったかな。まあ、さんざん遊んだけどそれはむこうもおなじらしくて、子を産んでほしくなったらいつでもお呼びくださいと、清々《すがすが》しい顔で言って出ていったけどね」

この兄のことだから、うまいことやったのだろう。自分の感情の処理も、相手とのかけひきも、仕事同様、器用にこなす男だ。

「まあ、事情はどうでもいいが、不届き者はさっさと始末しなさい。〈御所〉にやすやすと反乱分子の侵入を許すなんて、いい笑いものじゃないか」

兄は表情をやや厳しくあらためてから言った。

「ええ。清姫なら、仲睦《むつ》まじいところを見せつけて悋気《りんき》を煽《あお》ってやれば、我《われ》を忘れて正体を晒《さら》すと思いますが」

「うん、そうだろうな。じゃあ、今夜あたり美咲ちゃんと仲良く初夜を迎えなさい」

「は？　記念すべき初夜をダシにしておびきよせろっていうんですか」

弘人は渋面《じゅうめん》をつくる。

「やだな、今日のところは芝居だよ。清姫は男女の縁を絶つのが生きがいの妖女だよ。布団《ふとん》の中で抱きあって睦言《むつごと》を囁《ささや》いてれば、そのうちぜったいに怒り心頭《しんとう》で襲いかかってくるね。よかったら清姫の逆鱗《げきりん》に触れそうな濃密な愛のシナリオを兄さんが書いてあげようか」

鴇人はうれしそうに申し出てくる。

「いや、適当にやるんでけっこうです」

「もし清姫が来なければ、そのまま本番いっちゃえばいいし」

「本番の最中に来られても困るんで、そういうわけにはいきませんよ」

「しかしおまえたち結婚式まで済ませたくせにいまだ清い関係とは、いまどきめずらしいね。おれなんて楓に関しては紳士的にいこうと思って結婚まで我慢してたのに、意外にもむこうから誘――」

「のろけ話はけっこうです。こっちはいろいろとゴタゴタ続きなんですよ。タイミングがあわないというか、横槍《よこやり》が入るというか……」

弘人は仏頂面《ぶっちょうづら》のまま、軽く息をついた。初夜を捕り物に利用するなどと知ったら美咲はどんな顔をするだろう。やはり天狗《てんぐ》の郷《さと》から戻った夜に結ばれておくべきだったのだ。

「意外と押しが足りないんじゃないの。もっとこう大胆《だいたん》かつ強引にいったら。遠野《とおの》でやらかしちゃったときみたいに」

弘人ははたと鴇人を見た。

「どっから聞こえた話ですか、それは」

できれば兄には知られたくない失敗である。

「風の噂《うわさ》で。……いいんだよ、兄さんべつに責めてるわけじゃないんだから。健康な欲望をもった男子が惚《ほ》れた女を前にした場合に陥《おちい》る、ごく自然な心理状況だったんだろう。その調子で美咲ちゃんにさっさと天狐《てんこ》産んでもらって橘屋に貢献《こうけん》してくれれば、本家一同は万々歳《ばんばんざい》だよ」

抜け目のない兄の発言に、弘人は深々とため息をついた。要するにこれが言いたかったのではないか。

「もう下世話な話はここまでにしてください。……綺蓉のことはおれの責任なので、きっちり片づけます。清姫だとしたらけっこう厄介《やっかい》な相手なんで、技術集団にも動いてもらうことになるかもしれませんが」

弘人はそろそろ退室したいと思いながら返す。どうも兄と話していると調子がくるう。

「うん。伝えておくよ」

鴇人は、太刀打《たちう》ちできないでいる弘人を楽しみつつ、心得て頷いた。

# 第三章　初夜で捕り物

1

空は、青く澄み渡っていた。

風もなく、朝日を浴びた湖面はなめらかに凪《な》いでいる。

綺蓉《きよう》は三階の回廊《かいろう》に巡っている腰上丈《たけ》ほどの欄干《らんかん》につかまって、じっと湖面を見下ろしていた。

清姫《きよひめ》から自分が軟禁されている理由を知らされたのはゆうべのことだ。目的は、美咲《みさき》の首なのだという。彼女の命を奪う妖気を確保するためにか、綺蓉の中にひそむ嫉《そね》みをさんざんに煽《あお》って去っていった。

自分の中に、美咲を羨《うらや》む気持ちがあるのはたしかだ。

けれど一夜明けて、ひとまず彼女の身に迫っている危険をなんとかして弘人《ひろと》に告げねばならぬと、それだけが頭を支配するようになった。このままみすみす美咲の命を奪われるわけにはいかないのだ。彼女を想《おも》っている弘人のために。

ときおり青白く光る鱗《うろこ》をもつ魚があがってきて、湖面がわずかにゆらぐ。深さはそれほどなく、水が澄んでいるので底が透けて見える。

「きれいね……」

水底には細かな砂がひろがっているが、その中にときおり輝石《きせき》が混じっているのを見ることもできる。小指の先ほどの大きさの美しい石だ。

いまも結界《けっかい》は張られているのだろうか。長時間、社《やしろ》ごと結界に包んでおくのにはかなりの妖力《ようりき》が必要だ。それに雲劉《うんりゅう》は社にいないことも多い。いまも、社と陸をつなぐ橋を歩いている姿をここから見た。どこかへでかけたようだ。出先でなにをしているのか知らないが、遠方から結界を維持するとそれだけで妖力を消耗《しょうもう》するものだ。

いったいどうやって結界を……？　と、そこまで考えたときのこと。

「げこ」

ふと、蝦蟇《がま》ガエルの鳴き声がして綺蓉は縁のほうに視線を戻した。

雲劉が連れているものよりもずっと小さな蝦蟇がそこにいる。彼の大蝦蟇は雌《めす》で、これはその子供なのだろうか。

「げこ」

蝦蟇の子は目があうと、頬《ほお》をふくらませてもうひと鳴きした。背の色は茶褐色《ちゃかっしょく》で、いくつかのイボがあるのはおなじだが、小さいというだけでどこか愛着がもてる。

「おいで」

綺蓉は、蝦蟇の子が自分に話しかけているような気がして手をさしだしてみた。

蝦蟇は警戒してか少し距離を縮めただけで、それ以上は近づいてこない。

「雉《きじ》の肉をたべるかしら」

綺蓉はゆうべから手つかずのままの食事を思い出してつぶやいた。

この社はひろいが、棲《す》んでいるのはあの男だけのようだ。食事は夜中に一度、彼が支度《したく》したらしいものが運ばれてくる。着物の替えも支度されているのだが、あの無骨な男が用意したのだと思うと妙な心地がした。

綺蓉は座敷に戻り、膳《ぜん》の上に残されている干した雉肉を箸《はし》で切った。雉肉は〈御所《ごしょ》〉ではあまり食《しょく》さないが、鵺《ぬえ》の自分の口にあわないものではない。

「雉肉を食べてみる?」

縁にいる蝦蟇の子に欠片《かけら》をさしだすと、それはのそのそと寄ってきて、赤い舌を伸ばしてぱくりと食べた。

「長い舌をもっているのね」

綺蓉は舌の伸縮がおかしくて、雉肉を与えながら声を洩《も》らして笑った。

蝦蟇の子は、頬をふくらませてげこげこと鳴く。

「ふふ。おまえったら、ほんとうに不細工ね」

不細工すぎて、逆に愛らしいのだ。綺蓉は手をのばし、蝦蟇の子の頭に人差し指で触れてみた。ひんやりとして、柔らかだった。

そのまましばらく撫《な》でていたが、蝦蟇が眠そうに目を閉じたので手をひいた。

それから綺蓉は、もう一度、欄干越しに身をかがめて水面をのぞきこんだ。

(湖の中に潜《もぐ》ればここから出られるかしら)

根拠はないが、水の中にまでは結界が張られていないような気がするのだ。

水に入るのは、この三階からでは怪我《けが》をしそうだから、一階の回廊からのほうがいい。綺蓉はそう考えて、まずは一階へおりていった。

この湖には不思議なことに潮汐《ちょうせき》があり、時刻によってはこの一階の部分が湖水に浸《つ》かってしまう。そのために階下の柱や壁面はいくらか変色していた。

社の中は閑散《かんさん》としていた。雲劉が外出してしまったようだから、ここにいるのは蝦蟇の子と自分だけだ。

綺蓉は一階の回廊についた。いまはわりと水位が高く、一階の縁の下まで水面が迫っている。

水底には、陽《ひ》の光を受けた水面《みなも》の影がゆらゆらとゆれている。魚もときおり横切ってゆく。

着物の裾《すそ》をたくしあげ、綺蓉は慎重に欄干をまたいだ。こんなおてんばをするのはいつぶりだろう。湖側に渡した右足が虚空《こくう》をさまよって、一瞬不安に駆られた。

変化《へんげ》を解いて飛びこんだほうがはやいかもしれないと思ったとき。

「そこでなにしてる」

背後から男の声がして、綺蓉ははっと息を呑《の》んだ。

欄干にしがみついたままおそるおそるふりかえると、仁王立《におうだ》ちになった雲劉がこちらを見ていた。

「雲劉……」

見つかってしまった。しばらく戻ってこないと思っていたのに。

そのまま逃げてしまおうとも思ったが、どのみち追いつかれて捕らえられるのが見えていたのであきらめた。

綺蓉はひとまず欄干をまたいでいるはしたない格好を恥じ、あわてて回廊のほうに足を戻して着物の裾《すそ》を整えた。

雲劉はこれまでよりずっと険《けわ》しい顔をしていた。おそらく、逃げ出そうとしていたのを見抜いているのだ。殺すと脅《おど》されたのを思い出した綺蓉は、身をすくませた。

「水の底にある石を拾おうと……とても、きれいなので……」

とっさに、そんな嘘《うそ》が口をついて出てきた。

雲劉は湖面を一瞥《いちべつ》した。たしかにそこには美しい石がたくさんある。

彼はしばし考えるふうに黙りこんでいたが、

「まってろ」

そう言うと、ひょいと欄干をまたいだ。

「あ……」

綺蓉はとつぜんの行動に思わず声を洩らす。

肩先に乗っていた蝦蟇がとっさに欄干に飛びうつった。雲劉はそのままばしゃんと音をたてて湖におり、砂地の中に点在している輝石をいくつか拾いあげてから、ふたたび綺蓉のもとに戻ってきた。

彼の下肢《かし》はずぶ濡《ぬ》れだ。

「〈十六夜の里《じゅうろくや》〉でとれる石だ。この湖は、里の川と繫《つな》がっていて、そのときに川底から流れてくるものが残っているんだ」

気圧《けお》されて立ちすくむ綺蓉に、そう言って石を握った手をさしだしてくる。

欄干の蝦蟇は、あいかわらず無表情のままなりゆきを見守っている。

「…………」

綺蓉はおずおずと手を出してそれを受けとった。

石は水を弾《はじ》き、陽の光を受けてきらきらと輝いていた。光の加減で色を変える七色のもの、瑠璃色《るりいろ》のもの、掌《てのひら》が透けて見える透明のものといろいろある。

「ありがとうございます……」

いちおう礼を言ってから、気になってもう一度、雲劉の顔を見上げる。

(わたくしは嘘を言ったのに……)

雲劉は欄干に飛びうつった蝦蟇に腕を伸ばし、ふたたび肩先に導いている。その表情は、疑うことを知らない幼い子供のようにどこかあどけなく、朴訥《ぼくとつ》な感じがした。

「清姫は、その後どうしているのですか?」

綺蓉はたずねた。ゆうべ、自分の前から姿を消したきり、音沙汰《おとさた》がない。自分に化けて〈御所〉に潜りこんでいるのだろうが、美咲の安否《あんぴ》が気になった。

「便りはない。今夜にでも妖狐《ようこ》の娘の首を獲《と》るつもりなのだろう」

雲劉は言った。

「あなたも清姫の仲間なのでしょう。美咲様に手を出すのはやめてくださいませんか」

綺蓉は、いまなら頼めるような気がして言い募《つの》る。

「美咲様の首をもって高野山《こうやさん》で頂点に立ったところで、なにが変わるというのです。しょせん、結界に囲われた窮屈《きゅうくつ》な暮らしを強《し》いられる哀《あわ》れな囚人《しゅうじん》にすぎないでしょう」

するとと雲劉は言った。

「おれは清姫の仲間ではない。高野山の風習にも興味はないが、おなじ時期に出所した妖怪が、妖狐の娘を殺せとおれに依頼をしてきた。まずは清姫が先に動くというので、おれはあんたをかどわかす役になった」

その妖怪が多額の金子《きんす》を積んでくれたから応じることにしたのだという。

これまで殺しで生計をたててきたというのだから、女をひとりかどわかすなど、どうということはないのだろう。

「あんたは、なぜその娘を庇《かば》うのだ？　そいつが憎いのではないのか」

雲劉は不可解そうな顔でこちらを見ながら問う。

「憎い……？」

「そうだ。好いた男をとられ、妬《ねた》ましくてたまらない。だから清姫が動いた。ちがうのか？」

「それは……」

綺蓉は否定することができなくて言葉につまった。ゆうべ、清姫によって暴かれた自分の心の醜《みにく》さ。あれは、弘人のためにこれまでずっと目をそむけてきた感情ではないか。

けれど、美咲の死を望んでいるのかと問われれば、それはちがう気がした。清姫に見せられたあの真夜中の夢にも、どうも疑問をおぼえるのだ。

たとえ自分の中に弘人に対する情熱があるのだとしても、あんなふうに欲望の赴《おもむ》くまま彼に甘えたり、それを見せつけて美咲を苦しめることが、自分の望んでいることだとは思えない。

奪われてしまうのだという強い焦《あせ》りがあるのはたしかなのだが――。

「とにかく、ここは昼夜おれの蝦蟇が結界を張って見張っているから、あんたが逃げだすことはかなわん。部屋でおとなしくしていろ」

雲劉は恬淡《てんたん》とした口調で言って、ひとり綺蓉を残して二階へとあがってゆく。

綺蓉は掌をひろげ、雲劉が拾ってくれた石をもう一度じっと見つめた。

光を受けた石はあいかわらずきらきらと輝き、美しかった。

捨てるのも惜しくて、部屋に戻ってから食事の膳に使われていた透明な器《うつわ》を清め、そこに水をはって中に飾ってみた。

閑散として淋《さび》しかった空間が、少しだけ色づいて明るくなったように思えた。

# 2

そのころ美咲《みさき》は、弘人《ひろと》と書庫にこもって閻魔帳《えんまちょう》を読んでいた。

弘人は、さきほどまで兄に呼ばれたとかでしばらく不在だったのだが、話を終えて書庫にやってきたところだった。

書架《しょか》に囲まれて真ん中にある四人掛けの机にむかいあってすわり、ただ黙々と閻魔帳を読む。

過去の事件を把握《はあく》しておくと、意外にも役に立つことが多いのだという。

美咲は過去の事件の記録をあてもなくぺらぺらと捲《めく》っていたが、目がすべって内容がまったく頭に入らなかった。頭にあるのは綺蓉《きよう》のことだ。

嫉妬《しっと》の妖怪に憑《つ》かれるということは、綺蓉にも隙《すき》があったということ。つまり、彼女も弘人のことを想《おも》っていて、嫁となるこっちの存在に嫉妬していたということになる。それを思うと、どうしても複雑な心地になるのだ。

（ほんとに罪つくりな男……）

美咲はちらと弘人のほうをみやる。弘人がもっとしょうもない男だったら、綺蓉もさっさと縁を切って里にさがっていただろうに。

「なんだよ」

弘人が美咲の視線に気づいて顔をあげる。

「なんでもないわよ」

美咲はそっけなく返す。

「おまえ、授業中もそんな調子なのか。教科書を見てるフリをして、頭の中じゃほかのことを考えて楽しんでるみたいな」

弘人はからかい半分に言って笑う。

「楽しんでるんじゃなくて悩んでいるのよ」

美咲は仏頂面《ぶっちょうづら》で返す。

「悩み？　おれとの将来なら、なんにも悩むことなんかないだろ。かっこいい旦那様《だんなさま》に三食妖怪退治つき」

「そうね。ほんと、幸せよね」

美咲が、弘人ののんきな軽口になんとなくため息をついて返したとき。

「やあ、弘人」

高くも低くもない中性的な声が割りこんで、ふたりは戸口のほうに目をやった。

膝上丈《ひざうえたけ》の派手な柄行《がらゆき》の着物をしどけなく着た細身の美少年がそこにいた。いや、胸の膨《ふく》らみがあるところをみると女なのか。うしろに、ひとつに束ねた銀灰色《ぎんかいしょく》の髪が尻尾《しっぽ》のようにゆれている。深い紫紺《しこん》の瞳《ひとみ》と、それをひきたてるかのように入れられた紅《くれない》の目張りが実に魅惑的だ。

「茨木童子《いばらきどうじ》……」

弘人が心底驚いた顔で彼の顔を見る。

茨木童子——酒天童子《しゅてんどうじ》の子分だったとして名を知られている鬼である。たしか両性具有——男でもあり、女でもある。それで、なんともいえない中性的な美しさをまとっているのだ。強い鬼のはずだが、妖気はしっかりと秘めているので未知数である。

「どうしたんだ、こんなところまで」

弘人はたずねる。

「お嫁さんの顔をおがみにきたんだよ」

茨木童子はにこりと笑って答える。性別はあいまいだが、どっちに転んでも美しいその面《おもて》は、ほほえみひとつでいっそう華やぎが増した。

「前科者のおまえが、よく門前払いをくらわなかったな」

「前科者っ？」

弘人の言葉に、美咲はぎょっとする。

たしかに〈御所《ごしょ》〉の門には見張りが常駐していて、前科のあるような妖怪が堂々と出入りできるところではない。それこそ人に化《ば》けたり憑いたりして入ることなら可能かもしれないが。

「弘人に呼ばれたと二枚舌をつかった」

ぺろりと舌を出して平然と言いながら、茨木童子はゆっくりと美咲のほうへ近づいてきた。

嘘《うそ》をつくことに罪悪感などまるで抱かぬタイプのようだった。

「きみが半妖怪の妖狐《ようこ》の美咲ちゃんか。へえ。想像していたよりもずっと地味でかわいいね」

そばで腰に手をやって美咲を見下ろした彼が、ほほえみながら言う。

地味でかわいい。褒めているのか、そうでないのか判断のつきかねるせりふだ。

「高野山《こうやさん》にいるときから、きみに会いたいって思ってたんだよ。ヒロが気に入った女ってのをこの目で見てみたくてさ」

高野山にいるとき、ということは、この妖怪はほんとうに服役中だったらしい。

「こいつが高札場《こうさつば》の血文字の件を知らせてくれたんだ」

弘人が言う。ふたりはつきあいがあるようだ。

「ありがとう」

美咲は礼を言った。高札場の件については、酒天童子ができるだけ噂《うわさ》がひろまらぬよう、主《おも》だった情報屋に箝口令《かんこうれい》を敷いてくれているのだと聞いている。

「なにしてんの？」

茨木童子が美咲の手元をのぞきこんでたずねてくる。

「ええと、妖怪退治の勉強を……」

「ふうん」

茨木童子は美咲のとなりの椅子《いす》をひいてすわった。丈の短いすそからのぞいた太腿《ふともも》に、刀子《とうす》が二本ほど仕込まれているのが一瞬見えた。暗器《あんき》使いなのか。

「酉《とり》ノ分店《ぶんてん》の破魔《はま》の力は爪《つめ》に宿ってるんだったよね？」

美咲の手にじっと視線をそそぎながらたずねる。

「ええ。どうして知ってるの？」

「分店店主の能力なんて、こっちの住人はたいてい把握《はあく》済みだよ。……きれいな手をしてるな。なんだか食べたくなる」

そう言って茨木童子は美咲の手をとる。

「そういうあなたも、とてもきれいな手をしているじゃない」

美咲は茨木童子の白い手が目について言う。さらりと清潔感のただよう彼の細く長い指は、男というより女のものに近い。

「そう？　ありがとう。じゃあ、手がきれいな者どうし、仲よくしようよ」

茨木童子は意味不明な理屈を言って美咲の肩に手をまわしてくる。

瑞々《みずみず》しい肌、紫紺の美しい瞳、清らかな唇《くちびる》、それらのおかげなのか、馴れ馴れしくせまられてもそれほど悪い気はしなかった。現《うつ》し世《よ》では、酒天童子とならんでたいそうな美男子で、数々の女をおとして喰《く》らったと伝承《でんしょう》されている鬼だ。けれど、

「なんだか不思議な気分。男の人にされているみたいにどきどきしないわ」

この先、なにが起きるのかとはらはらさせるものがないのだ。

「おれは男じゃないからね」

茨木童子が言うと、

「まてよ、美咲。おまえ、おれ以外の男からそういうことされた経験あるのか？」

弘人が口をはさんだ。

「な、ないけど。ヒロにされるときみたいにどきどきしないって言いたかったの」

意外と細かいところまで気にするわと思いつつ美咲は訂正《ていせい》する。

「で、あなたは男じゃないけど、女というわけでもないのよね」

美咲は茨木童子にむきなおる。

「きみの好きなほうを選べよ。どっちにもなれるんだからさ。相手ならいつでもしてあげるよ」

茨木童子はそう言って美咲の頰《ほお》にそっと口づけを落とす。羽根がふれたかのような、優しい口づけ。ほのかに伽羅《きゃら》の香りが鼻先をくすぐる。

美咲は不思議な心地のまま、しばしぼんやりとしてしまう。なんなのだろう。女にされる抵抗感もなければ、男にされるときめきもおぼえない。得体《えたい》の知れぬ、奇妙な安堵感《あんどかん》だけが生じる。

にっこりとほほえむ茨木童子の紫紺の瞳に、魅入《みい》られたように美咲が見とれていると、

「なんか腹立つからはなれろよ、おまえたち」

ふたりを見ていた弘人が不満げに言った。

「どっちに嫉妬してんのさ、ヒロ坊は」

茨木童子は美咲からはなれると、机に肘《ひじ》をついてくつろいだ姿勢のまま弘人をあおぐ。

「それくらい察してくれよ」

閻魔帳を書架に戻すために立ちあがった弘人が不愉快《ふゆかい》そうに返す。

「はん。ちょっと肩を抱いたくらいでカリカリすんなよ。減るもんでもないんだからさ」

茨木童子が、こんどは不遜《ふそん》な男口調で吐き捨てるように言うからころりと印象が変わった。

(やっぱり男?)

人格がつかみづらい妖怪だと美咲は思う。

茨木童子は弘人から書架に目をうつした。ずらりとならんだ閻魔帳をものめずらしそうに眺めつつ、自分も席をたつ。

「これって、事件のあらましなんかが書いてある閻魔帳ってやつだよね。どれどれ──」

　書架から勝手に取りだした一冊を、きまぐれにぱらぱらとめくる。

「卯月《うづき》の十日、酉《とり》の刻頃。かねてから追っていた〈猫耳天国〉の元締め・飛縁魔《ひのえんま》をついに現場にて確保。〈猫耳天国〉＝客をひきこみ、薄給《はっきゅう》で雇《やと》った猫娘たちに酒食で接待させたのち元締め自《みずか》らが精気を強奪するしくみになっていた悪徳茶屋。客が人間の報告もアリ。突入直後、猫娘二十名は口封じのためにすべて惨殺《ざんさつ》済みであった。共謀者（前科あり）は寅《とら》ノ区界《くかい》方面に逃走。戦闘により店員二名死亡。その他、重軽傷。……あーあ、すげえ強烈だな。春の宵《よい》の残酷物語」

　茨木童子は、ひらいたとあるページの記録文を読みあげてから、あきれ半分に非難する。

「ひどい事件ね、逃げた共謀者はちゃんとつかまったのかしら？」

　猫娘の惨殺された様子を想像して、美咲も少し青ざめた。すると茨木童子は言った。

「ああ、すぐに寅ノ区界の店員につかまって、五十年服役してから出てきたよ」

「いやにくわしいのね、茨木童子」

「犯人おれだからね」

「えっ……」

　美咲は絶句する。

「……冗談よね？」

「こんなつまんない嘘ついてどうすんのよ」

茨木童子は得意げな顔で言う。

このすらりと華奢《きやしや》な美鬼《びき》が、そんな酷《ひど》い事件を起こしたというのか。

にわかには信じられず、美咲は唖然《あぜん》として茨木童子の顔を見つめる。

「おまえ、そういう恥ずかしい経歴をえらそうにばらす悪い癖《くせ》を直せよ。それと、こいつ現し世育ちでいまいち免疫《めんえき》がないから、変に刺激するな」

弘人が美咲を庇《かば》ってたしなめる。どうやら茨木童子の犯罪歴だったというのは事実らしい。

「茨木童子はさ、高野山に入るのが好きな変なやつなんだ。せっかく刑期を終えても、すぐに悪さして投獄《とうごく》、それのくりかえしだ」

「おれは高野山のことは我《わ》が家《や》だと思ってるよ」

弘人につづいて、茨木童子が胸を張って誇らしげに言った。

高野山暮らしを気に入って再犯をくりかえしてしまう妖怪がいるのは弘人から聞いて知っているが、まさかこの鬼がそれだとは。

「……あの、猫娘虐殺《ぎやくさつ》の動機はなんだったの？　いくら口封じといっても……」

美咲はなんとなくうすら寒いものをおぼえつつも、今後の参考までにたずねてみる。

「動機？　なんだろな。やっぱり高野山の空気が恋しくなったからじゃないの？　いまは当分あんなシケたところに戻りたくはないって思ってるけどさ」

けろっとして言う茨木童子は、善悪の認識が希薄そうだ。元来、妖怪とはこうして残酷で無《む》秩序《ちつじょ》で凶暴な性質《たち》の者が多い。現し世にならって裏町で商売の取引をしたり、他者につかわれて生計をたてているような社会性をもった妖怪はごく一部にすぎない。

「しかし、あの小さかったヒロくんが嫁をもらうなんてなあ」

茨木童子は閻魔帳をどうでもよさげに机に放ってから、腰に手をやって弘人をしみじみと眺めながら言う。

「おれは婿《むこ》に入ったんだよ」

「どっちでもおなじだろ。揚《あ》げ足とってんじゃねえよ。美咲ちゃん、おめでとさん」

美咲に目をうつして茨木童子は言う。

「ありがとう」

このまえ日和坊《ひよりぼう》から祝福されたばかりだ。他人から自分たちの関係を祝ってもらうのがなんだかこそばゆくて、美咲ははにかんだ。

「さてと、話の種はおがめたし、そろそろ帰るかな。弘坊は、今夜はお頭《かしら》のところに飲みにこないの？」

「悪い。今夜は無理だ。ちょっと片づけたい仕事がある」

「そうなの？」

初耳だったので、美咲は思わず弘人を見る。

「ああ、おまえもつきあえよ。おまえがいなきゃできないことなんだ」

「わかったわ」

なんだろうと思いつつ美咲は頷《うなず》く。

「すっかりおしどりじゃねえか。砂をかましてやりたい気分」

横で見ていた茨木童子が、仲睦《むつ》まじく約束を取りつけあうふたりに、ことのほか剣呑《けんのん》な顔で悪態をつく。

「どっちにだよ？」

弘人が念のため問う。

「それくらい察してくれよ」

茨木童子は流し目で弘人を見ながら彼の言葉を真似《まね》ると、

「あばよ、弘人。近いうちに飲みにこなきゃ、泣いちゃうからな」

それだけ言いそえて、手をひらひらさせながら書庫を出ていった。

「なんだか、とらえどころのない妖怪ね」

美咲はふたりきりになってから、ぽつりとつぶやいた。弘人のことが好きなのだろうか。

「危うい感じのやつだろ。でも、ああみえて力は強いから、味方にしておけば役に立つこともある。いっしょに酒を飲む分にはおもしろいし」

弘人はなんとなく茨木童子の消えた出入り口のほうを見ながら言う。

「そうなの……」

たしかに、一見だらしなく隙《すき》だらけに見えるが、趣味のよい柄行《がらゆき》の着物や、清潔感のただよう身なりからして、実は抜け目のないしっかりした性分なのかもしれないという感じはした。

## 3

日が沈んで、西の空が赤く染まっていた。

清姫《きよひめ》――綺蓉《きよう》になりすまして〈御所《ごしょ》〉にひそむ彼女は、夕刻になって花卉《かき》栽培職人が届けてきた花を受けとり、〈御所〉内の床《とこ》の間《ま》にたててまわっていた。

隠《かく》り世《よ》の花は夜にひらくものが多いから、この時刻に届くのはあたりまえのことだ。綺蓉の夕刻の習慣であった。

本殿の青萩《あおはぎ》の間《ま》で真っ赤な天竺牡丹《てんじくぼたん》をたてていると。

「綺蓉」

ふいに声がかかって、清姫は手をとめた。

ふり返ると、出入り口の柱に背をあずけて、弘人《ひろと》が自分を見ていた。

清姫はぎくりとした。いつのまにそこまで来ていたのか。まったく気配に気づかなかった。

「弘人様……」

目をあわせぬまま、清姫は警戒しながらつぶやく。

ここに潜《もぐ》りこんで半月ほどになるが、この本店の鵺《ぬえ》はなるほどこれまでに見てきた下々《しもじも》の妖怪とは格がちがう。容姿がどうという以前に、神気《しんき》に満ちた強い妖気を秘め、つねに侵《おか》しがたい覇気《はき》をまとっている。気を抜くと、正体を見破られそうだ。

「今夜、いそがしいか？」

弘人が組んでいた腕を解き、こちらに半歩ほど歩みよりながら問う。

「いいえ。なんでございましょう」

清姫は綺蓉のふりをして愛想《あいそ》よくしとやかにたずねる。相手になりきって七化《ななば》け八化《はちば》けすることなどお手のものだ。

「亥《い》の刻に、おれの部屋に来い」

弘人は端的に命じる。

っている。

清姫はゆっくりと弘人と目をあわせる。室内にさしこむ夕日が、彼の端正な面《おもて》に陰影をつくっている。

「そのような時刻に、なんのご用でしょうか」

燃えるような赤々とした夕日に目をそばめながら、清姫は慎重に訊《き》き返す。

「この前の続きをしてやるよ」

弘人はかすかに口の端をあげて言う。

この前の続き――それがなにを意味するのかに思い至ったところで、清姫は綺蓉らしくややうつむいて恥じらう芝居をしてみせる。

「よいのですか。美咲《みさき》様がいるというのに」

咎《とが》めるように言っておきながら、腹では美咲に見せつけてやりたいという残酷な考えがじきに首をもたげていた。

「そういうのが望みだったんだろう？」

挑むような目をして告げられ、清姫は押し黙る。

こちらをまっすぐ射《い》る弘人の美しい翡翠色《ひすいいろ》の瞳は、夕日を浴びて鈍《にぶ》い光を放っている。これは女の血を騒がせ、欲情を煽《あお》る妖《あや》しい眼差《まなざ》しだ。なにもかも捧《ささ》げたくなるような。そのまま抱かれて喰《く》われてしまいたくなるような。

ただしこの男が、いまさら色に惑《まど》って綺蓉に寝返るとは思えない。慰《なぐさ》みものにして愉《たの》しむつもりか。

「まってるからな」

綺蓉の返事をまたず、淡々とそれだけ言い残して弘人は部屋から去る。

ふん、と清姫は鼻を鳴らす。このまえの夜、ちょっと甘えてみせたからその気になったらしい。愚《おろ》かしい男の色欲《しきよく》を見た気がして腹立たしかった。

「女子《おなご》の気持ちを弄《もてあそ》んでいい気になっている」

ひとりになってから、清姫は声に出して憎々しげにつぶやく。

綺蓉のほんとうの想《おも》いになど気づかない。気づこうともしていない。そばに、美咲という存在があるからだ。

「まことに憎らしいことじゃ……」

清姫は弘人とじゃれあう美咲を思い出し、ぎり、と奥歯を噛《か》みしめる。

あのふたりは赤い糸で結ばれている。断ち切りたい。あのように堅く結ばれている赤い糸は、早急に切らねばならぬ。だれであろうとも、この自分をさしおいてぬくぬくと幸福に浸《ひた》るのは許せない。

今宵《こよい》、弘人の誘いに応じたら、糸は切れるだろうか。房事《ぼうじ》を見せつけて嫉妬心《しっとしん》を煽《あお》れば、次こそはそのままあの妖狐《ようこ》の娘を焼き殺すことがかないそうだ。彼女自身が生みだすであろう怨《おん》念《ねん》の炎によって。

「またあの娘も呼んでおくとするか」

清姫は天竺牡丹の花首に鋏《はさみ》を入れる。

パチンと茎《くき》が切れて、ぽとりと真《しん》紅《く》の花が落ちる。

清姫はその花を拾いあげる。

「くふふ……」

悪辣《あくらつ》なふくみ笑いが、清姫の口の端から洩《も》れる。

あの娘の首を高野山《こうやさん》に持てば、己《おのれ》の抱いているささやかな望みもかなう。赤い糸を絶つたびに、罪人の札《ふだ》をつけてこの身を閉じ込めてくれる忌々《いまいま》しい檻《おり》を、永久になくすことができるのだ。

その夜、風呂《ふろ》をすませた浴衣《ゆかた》姿の美咲は、まっすぐ弘人の部屋にむかった。

夕餉《ゆうげ》をすませたあと、綺蓉から、亥の刻ころになったら弘人の部屋へ行くよう言われたのだ。手伝ってほしい仕事があると言っていたから、それについての話だろう。

弘人からもさっき、「風呂からあがったら御封《ごふ》をもってすぐに来い」と命ぜられた。

居心地のよい風呂でついゆっくりとくつろいだために、結局、はじめに綺蓉から告げられたくらいの時刻になってしまった。

広庇《ひろひさし》に面した弘人の部屋の葭戸《よしど》は開け放たれていた。湯上がりの肌に心地よい涼しい夜風が、そよそよと流れこんでいる。

「ヒロ……っ」

部屋に入ったとたん、美咲は思わず声をあげた。そこには布団《ふとん》が二組敷かれており、一方に弘人が腹這《はらば》いになって本を読んでいたのだ。

「もう寝るの？　話があるって聞いたから来たんだけど」

美咲はなぜ二組も寝床が支度《したく》されているのかと、一歩あとずさりながら問う。

「あるよ。ここで話すから来いよ」

弘人はそう言って本をとじると、薄手の上掛けを剝《は》ぎ、隣をポンポンと叩《たた》いて美咲を誘う。

「こ、こっちで聞くからいい」

美咲はなんとなく気恥ずかしくなって、弘人から目をそむけて言った。

「そこじゃ、仕事にならないんだよ」

「どんな仕事なのよっ」

「大声を出すな」

弘人はしっと人差し指をたてる。

「綺蓉に憑《つ》いた妖怪の正体を暴くんだ。さっき彼女をここに呼んだ」

「え？」

美咲は眉《まゆ》をあげる。

「まって。あたしちょっと前に、彼女から亥の刻に弘人様のお部屋へ行ってくださいと言われたわ。それはヒロからのことづけだったのよね？」

「いや、おれは彼女にはなにも頼んでいない」

弘人は予想通りだという顔をして否定する。

「じゃあ、彼女はまた自分たちの仲をあたしに見せつけるつもりで、あたしにもわざわざ声をかけたのかしら？」

「だろうな」

弘人は声を落としてつづける。

「だが、実際に来てみたら、おれはすでにおまえとしっぽりやっているわけだ。そうなったら、彼女に憑いている妖怪はかならず腹をたてて正体をあらわす」

「そんなことで……？」

「ああ。相手はたぶん清姫だろうと兄貴は言ってた」

「清姫……」

「清姫は他者の嫉妬《しっと》を糧《かて》に妖力《ようりき》を増幅させるが、自分自身もひどく嫉妬深い性質《たち》だ。仲よくしてればかならず我《われ》を忘れて襲いかかってくる。このまえはおまえに嫉妬させてなにか謀《はか》ったようだが、今度はこっちがそれを仕掛けてやるんだよ」

「そこを捕らえるって計算なのね」

「そうだ。だから黙って抱かれるフリをしろ」

弘人は橘屋《みせ》の仕事をするときの真剣な顔で告げる。

「抱かれるフリ……？」

「ああ、芝居だよ」

「初夜を捕り物に利用するなんてあんまりだわ」

美咲は眉をよせて嘆《なげ》く。

「仕事だと割りきってくれ。そんなとこつっ立ってないで、はやくこっちに来いよ」

弘人はそう言って、となりを顎《あご》で示す。

「あの、でも……、いくらお芝居でも、その……心の準備ってものが……」

美咲は急に緊張して、しどろもどろに返す。

「またそのいいわけか。おれのほうはいつでも準備万端に整ってるから安心してくれ」

「だからそういうのを真顔で言うのはやめてよ」

「なんにもしないよ」

「ほんとに？」

「ああ、ほんとうだ。約束する。遠野《とおの》で寝たときだってなにもなかっただろ？」

まじめな顔で言われ、そういえばそうだったと美咲は思う。自分たちは、正確にはすでに幾夜も供に明かしているのだ。

「はやくしないと綺蓉がここへ来るぞ」

弘人に急《せ》かされ、

「わ、わかったわよ」

美咲はすごすごとならんだ布団のほうへ行き、ひとまず弘人には背をむけておなじ床《とこ》に入った。

## 4

美咲《みさき》は弘人《ひろと》に背中をむけたまま、じっと固まって動けなかった。

いくらなにもしないと宣言されても、遠野《とおの》の夜とはわけがちがう。あのときは自分に記憶がなく、弘人のほうも他人行儀で距離があったからなにも起こりようがなかった。記憶が戻ってからも、弘人が負傷してそれどころではなかったし。

けれどいまはちがう。互いの意思ひとつで簡単に一線を越えられる、むしろそうならないのがおかしいくらいの馴れあったふたりである。

案《あん》の定《じょう》、

「なにはなれてんの」

そう言われ、あっさりと上をむかされて、弘人に組み敷かれてしまった。

「ちょっと……っ、さっきなんにもしないって約束したじゃない」

美咲がどぎまぎしながら自分の上に覆《おお》いかかってくる弘人の肩を押しもどしつつ言うと、

「おまえがいやがるようなことはなにもしないつもりだよ」

と弘人はにやり。

「それじゃまるであたしがこういうことを望んでいるみたいに聞こえるわ」

「これで清姫《きよひめ》を呼びだして始末できれば綺蓉《きよう》も助かる。やってみる価値はあるだろう」

「綺蓉……」

美咲ははっとする。そうだ。綺蓉はいま、その妖怪に憑《つ》かれて苦しんでいるはずなのだ。はやく助けだしてやらねばならない。

「で、でも、こんなことをしたところであらわれるとは思えないのよ」

やっぱり同衾《どうきん》には抵抗があって、美咲は弘人の下からはい出ようとする。

「こんなこととはどんなことだよ。おまえ、おれがいまからなにをするのかわかってるのか」

弘人は、美咲の肩先をさりげなく押さえつけて逃げるのを阻止《そし》する。

「わ、わかってるわよ。三つの子供じゃないんだから」

美咲は顔を赤らめながらぼそぼそと返す。

「だったらおとなしくしろ」

弘人はそう言って、美咲の耳元に口づける。

「ぎゃあああ、ほんとにちょっとまって」

土壇場《どたんば》で怖気《おじけ》づいた美咲は、横をむいてぎゅっと海老《えび》のように丸く身を縮めた。

「おまえ……、そんな色気のない声を出さないでくれよ、頼むから。これじゃ、おれが性犯罪者みたいじゃないか」

弘人が心底落胆《らくたん》したようすで言う。百年の恋も一気に冷めたといった態《てい》。

「だ、だって……」

美咲は怯《おび》えと羞恥《しゅうち》にますますからだを萎縮《いしゅく》させる。

弘人はいつもどおり、余裕の表情だ。下から見上げても、いい男。気持ちも通じているのだし、夫婦になる誓いもたてた。よろこんで身をあずければいいのに、なぜか素直に応じることができない。

「おまえさ、いっつも逃げ腰だけど、おれのなにが不満なんだよ？」

弘人がいったんあきらめたように美咲からはなれ、となりで肘枕《ひじまくら》の姿勢になってたずねてくる。

「ヒロじゃなくて、自分に不満があるのよ。こっちの問題なの」

「たとえばどんな？」

「ええと、む、胸の大きさとか……っ」

実はそんな些細《ささい》なことだったりする。

「ああ、おまえのちっさい胸ならもう知ってるから気にするな」

「ええっ、それって遠野でのことを言ってるの？」

「そう。あと、海の旅籠《はたご》でもな。あのときのおまえ、よかったな。なんかこう、『いますぐ抱いて』みたいないい顔してたよ」

思い出したらしい弘人が夢見るような顔で言う。

「あ、あれは……」

あのときはたしかにそういう気分だった。黄昏《たそがれ》どきの眺めと、湯上がりの気《け》だるさ、それに潮騒《しおさい》の音があいまって妙に甘く開放的な気持ちだった。

湯上がりの清らかなからだや肌触りのよい着物はあのときとかわらないが、今夜は緊張のほうが強くてそういう気持ちになれない。

だいたい嫉妬心《しっとしん》を煽《あお》るといって、この状況にもちこむのもどうかと思う。たしかに一番効果がありそうだけれど、ほかにもやきもちを妬《や》けそうなパターンはいくらでもある。手をつないで夜道を散歩するとか、仲よく一冊の本を読むとか——などと埒《らち》もないことを考えていると、

「美咲……」

仕切りなおすように名を呼ばれてどきりとする。

「は、はい」

「そろそろはじめるか。綺蓉も来るころだろうし。——いや、もう来てるのかもな」

弘人はそれらしく縁のほうに目を走らせる。

「………はい」

どうはじめるっていうのよ、と思いながらも美咲が観念して頷《うなず》くと、弘人の視線が美咲に戻る。

「まず、おれのこと好きだって言え」

「ええっ。そんな恥ずかしいこと面と向かって言えるわけないでしょ」

しかもこんな状況で。

「会話であいつの悋気《りんき》を煽ってみるんだよ。ほんとうの気持ちなんだから簡単に言えるだろ」

ここは小声で弘人は言う。

「……すごい自信ね。いくら好きでも、言えと言われるとなかなか口にはしづらいものよ。簡単だと思うなら、ヒロが先に言ってみなさいよ」

美咲も小声で返す。

「おまえが好きだよ」

目をあわせた状態でさらっとまじめに言われて、美咲は絶句した。

(ほんとに言ったわこの人！)

意味までしっかり理解したところで、いちいち頰《ほお》が熱くなる。

「次はおまえの番だ。とっとと言わないと、帯解《と》くぞ」

「もう解いてるじゃないっ」

弘人の手が器用に美咲の帯をほどいて、懐《ふところ》にしまってあった彼女の御封《ごふ》をさりげなく枕の下にかくし、さらに浴衣《ゆかた》まで脱がせようと衿《えり》に手をかけてくるから驚いた。

「や、やめて、べつにこんなに本格的にしなくたっていいと思うのよ、ただ布団《ふとん》の中で仲良くお喋《しゃべ》りしていれば……」

美咲は焦《あせ》ってその手を押さえとどめるが、

「中学生の修学旅行じゃないんだからさ」

弘人は美咲の両手首をつかまえると、身動きがとれぬよう敷布の上に優しくぬいとめた。

「あの、じゃあ、高校生の修学旅行で。……あたし、まだ高校生だし」

「おまえ、さっきからなにいちいち逆らってんの。縛《しば》られたいのか？」

乱暴な言葉とはうらはらな甘い声で囁《ささや》かれて、美咲はどきりとした。

「そういう危ない趣味はありませんけど……」

美咲は妖《あや》しくゆれる弘人の翡翠色《ひすいいろ》の目から顔をそむけて、精一杯にそっけなく返す。

間近で見つめられると、どきどきする。この人が好きだという思いが溢《あふ》れて胸がはりさけそうになる。

「だったら、はやく言えよ」

しっとりとした声音《こわね》でせかされ、耳朶《じだ》にねだるような口づけを落とされると、美咲の中で焦《あせ》りが倍増した。

（もう限界だわ）

これ以上、色仕掛けで攻められては気がどうにかなりそうだ。美咲は観念して、照れかくしのために横をむいたまま、好きです、と小声で吐きだした。ところが、

「だれを？」

弘人は美咲の耳元で、さらに意地悪く問い返してくる。

「ええと、ヒロのことよ」

頬が熱をおびてますます赤く染まる。

「ダメだな。清姫に聞《あい》こえるくらいの大きな声ではじめからもう一度」


「なんなの。こんな会話は不自然よ。ヒロが楽しんでるだけじゃない」

美咲はどぎまぎしながらも、胸元に触れようとのびてきた弘人の手をぎゅうと懲《こ》らしめるようにつかんだ。

「そうか？　どうせ芝居だよ、芝居」

弘人は耳元に唇《くちびる》をよせたまま、せりふのわりに熱っぽい声で囁く。

「そのわりにすいぶん身が入っているみたい」

美咲は弘人の手を押さえつつ、うわずった声で返す。

「ああ、仕事熱心だと褒《ほ》めてくれよ」

甘えるように言いながら、弘人は美咲の胸元から手をひいて、彼女のこめかみのそばの髪に指先をすべらせる。そのまま口づけられて、美咲は抗《あらが》う意思を挫《くじ》かれた。

（芝居……、これはぜんぶ、清姫をおびきよせるための……）

けれど、心がかよいあっているふたりのすることなのだから、まったく嘘《うそ》の演技ということにもならない。

唇がかさなると、めまいのするような感覚におそわれて、からだの力がぬけてゆくのがわかった。いつもこうなる。この人とこうして愛をたしかめあうたびに、からだがいうことをきかなくなって、彼のしてくることに逆らえなくなるのだ。

(ヒロ……)

弘人はおとなしくなった美咲の髪を弄《もてあそ》びながら、口づけを深めてくる。

熱い舌と吐息《といき》が、相手を愛《いと》おしむ甘い感覚のうちにからみあう。それは呪《まじな》いとなってからだの奥深くに眠るなにかを呼び起こす。

(どこが芝居……)

美咲は危機感のようなものを抱いた。このまま綺蓉が来なければ、ほんとうに一線を越えてしまいそうだ。

やがて浴衣がはだけられて、行燈《あんどん》のにぶい明かりの中に美咲の白い肩や胸のふくらみがぽんやりとうかびあがる。肩先から胸元にかけてが、外から流れ込むひんやりとした夜気にさらされて、火照《ほて》りかけていたからだがいっとき鎮《しず》まる。

弘人の唇は、美咲の耳朶から首筋にかけてをゆっくりとたどりはじめる。

自分のものとは別の熱を素肌に受けて、美咲の鼓動《こどう》はますます乱れる。

（このまま蕩《とろ》けそう……）

からだを愛《め》でられるせつないような歓《よろこ》びをこらえきれなくなって、美咲が思わず甘いため息を洩《も》らしたそのとき。

ふいに弘人のぬくもりが美咲からはなれた。

（え……？）

不自然な間《ま》があいて、美咲はとうとつに現実に引き戻された。

（あたしのからだ、なにかヘンだった……？）

はたと目を開いて、どきまぎしながら弘人の顔をうかがうと、彼はもう美咲を見てはいなかった。

美咲はびくりと身をこわばらせた。翡翠色の瞳は、妖気を帯びて炯々《けいけい》と輝いている。静止したまま、神経を研ぎ澄まして広縁のほうの気配を探っているのだ。

夢心地が一気に吹き飛んだ。

そうだった。仕事だった。清姫をおびきよせるために愛しあっている芝居をしていただけなのだ。弘人は、もはや美咲のことなど眼中にないといった態《てい》。いや、口づけをかわしていたときから、彼の意識はこちらになどなかったのか。

それは、すでにそこまで迫ってきていた。

――来るぞ。

弘人が耳元で低くつぶやいた刹那《せつな》、広縁のほうから強い妖気が怒濤《どとう》のようになだれこんできた。

次いで、葭戸《よしど》がばたんと音をたてて蹴倒《けたお》され、外から着物姿の女があらわれた。

綺蓉だ。柳眉《りゅうび》を逆立てた鬼の形相《ぎょうそう》でこっちをねめつけている。いや、ちがう。綺蓉だと思って見たはずの顔は、次の瞬間、別人に変わった。

美咲は息をのんだ。

「なにあれ！」

そこには、豪奢《ごうしゃ》な吉祥紋様《きつしょうもんよう》の柄《がら》がひろがった色打掛《いろうちかけ》をまとった、日本人形のような風貌《ふうぼう》の娘がいた。白磁《はくじ》の肌に、ぽってりとした眉《まゆ》、愛らしく整った目はしかし、怒りのためにつりあがり、漆黒《しっこく》の長い髪は、強い妖気のせいでべつの生き物のように乱れてひゅるひゅると波うっている。

「清姫……！」

やはり清姫だったのだ。

「化《ば》けていたんだな！」

ふたりは目を疑う。綺蓉のからだに憑依《ひょうい》していたのではない。完全に化けて、彼女に成りすましていたのだ。

着崩れた着物の裾《すそ》からのぞくのは足ではなく蛇体《じゃたい》だ。丸太のように太い蛇腹《じゃばら》がそこにうねっている。娘のからだは、下肢《かし》が蛇《へび》になっているのだ。

「化けていたのなら、ほんものの綺蓉はどこに……」

美咲がつぶやくのと同時に、

「ぬうううう、おのれェ、わらわを愚弄《ぐろう》しおってェェ！」

清姫が白い腕を力強く左右にひとふりして、唸《うな》り声とともに妖気をほとばしらせた。怒《いか》っている。

彼女は、弘人と睦みあう姿を美咲に見せつけてやるためにここへきたはずなのだ。ところが、先に美咲が弘人と仲良く寝ていた。弘人の読みどおり、その自分たちを見て業《ごう》を煮やしたのだ。口から蛇そのものの長い舌を出した清姫は、あたりの空気をビリビリと震わせ、般若《はんにゃ》のような顔で逆上している。

弘人が清姫の攻撃を迎え討つ。

枕の下にひそませてあったらしい彼の御封が一気に撒《ま》かれ、部屋中に渦《うず》をつくってひらひらと舞った。

「すごい量……！」

美咲は目を瞠《みは》った。弘人の御封は、清姫の攻撃をすべて喰らって抑《おさ》えこんだ。

「美咲、胸をしまえ、胸を」

「あっ」

言われて美咲は自分を見下ろす。胸元が、しどけなく開いたままだ。

「ヒロのせいでこうなったんじゃないの……」

美咲はあたふたと胸をかきあわせ、ゆるみきった帯をしめなおす。

甘いはずの時間は、一転して捕り物に変わった。のぼせかけていた頭が一気に冴《さ》え、代わりに清姫が起こした妖気まじりの熱風がからだを襲う。

「死ね、小賢《こざか》しい獣《けもの》どもめェエ」

清姫がふたたび腕で虚空を掻《か》くようにして炎を呼ぶ。

ごうと空気を震わせて、弘人と美咲の足元に毒々しい曼珠沙華《まんじゅしゃげ》が芽を吹く。

それはものすごい速さで育ち、次々に赤々とした花を咲かせる。

ひらいた花は一瞬のうちに烈火へと変わる。

「花が炎に変わったわ……！」

ふたりは座敷の奥へと後退した。

炎はぼっとひろがり、畳《たたみ》に燃えうつる。

弘人の撒いた御封が炎になだれこみ、かろうじてそれを抑えこむ。

「熱い……！」

美咲は思わず熱気にさらされた顔をかばった。

妖力《ようりき》で咲かせる花の幻《まぼろし》は、静花《しずか》のものを見たことがあるが、彼女のように麗《うるわ》しく神聖なものではない。嫉妬の鬼が咲かせるのは、邪気《じゃき》をはらんだ禍々《まがまが》しいものだ。

曼珠沙華がそこかしこに次々と芽を吹いて花をひらかせ、そうかと思うと火の手となって猛烈な勢いであたりにひろがる。

「ぜんぶ燃えてしまうわ！」

美咲は焦《あせ》りをおぼえた。

「御封を撒け。あれは妖力で抑えられる炎だ」

弘人に言われ、美咲は布団の中に隠してあった御封の一部を、曼珠沙華めがけて一気にばらまいた。

御封は曼珠沙華の花を喰らった。

「小癪《こしゃく》な！」

清姫は怯《ひる》むことなく、次々に妖力を注ぎこんで曼珠沙華の花を咲かせる。

赤々と燃える朱色の花びら。

美しくもおどろおどろしい凄絶《せいぜつ》な眺めと、肌にはりつくような熱風に、美咲は息苦しさをおぼえて咳《せ》きこんだ。

炎は柱にのびて天井《てんじょう》を舐《な》めつくし、みるみるうちに部屋中にひろがる。障子戸《しょうじど》のほうにも伝い、格子《こうし》ごとめらめらと燃やしてゆく。

火の粉が舞い散り、目を刺激する煙がもうもうとあがった。

「これは綺蓉の嫉妬の念が燃やす炎じゃ。おまえを想い慕《した》って、あの娘がいくつの夜を数えたと思う。なぜ応《こた》えてやらぬ。なぜ抱いてやらぬのじゃ」

清姫は怨念《おんねん》をみなぎらせて弘人を問いつめる。その黄金色《こがねいろ》の目は、みずからの報《むく》われぬ過去をかさねてぎらぎらとぬめり光っているように見える。

美咲はおののいた。

「この炎が嫉妬から生まれたというのなら、やっぱり綺蓉は――」

弘人のことを想い慕っていたのではないか。

けれど弘人はかぶりをふった。

「ちがう。こいつの言うことに惑《まど》わされてはだめだ。この炎は、こいつ自身が放出しているものにすぎない。綺蓉のことは、おれがよくわかっている」

彼女が自分を煩《わずら》わすようなマネをするはずがないのだ。あの女を支えているのは、この自分に仕《つか》えているという誇りなのだ。弘人はそう言い切って、清姫を睨《にら》み据《す》える。

「ヒロ……」

美咲はここではじめて、弘人と綺蓉のあいだにあるものがなんであるのかを知った気がした。男女の絆《きずな》ではない。主《あるじ》とそれに仕える者の絆だ。弘人がこんなにも綺蓉を信頼しているから、彼女だって、決して弘人を裏切ったり逆らったりすることはないはずなのだ。

「言え、清姫。綺蓉はどこだ。いまどこにいるんだ」

弘人は清姫を問いつめる。

「ほほほ。いまさら情けをかけてももはや手遅れじゃ。あの女子《おなご》の魂《たましい》は嫉妬にくるってとうの昔に堕《お》ちたわ」

「なんだと？」

弘人がいっそう表情を険《けわ》しくする。

「ほほほ……わらわの炎は結界《けっかい》も効かぬぞ。みな燃えて灰になってしまえ！」

清姫はふたたび手を操って炎の花を咲かせはじめた。

「ヒロ……、キリがないわ。このままじゃ、〈御所〉が燃えてしまう」

美咲がこぼす。

「クソ」

雷神を呼んでケリをつけたいところだが、清姫が死んだら綺蓉の手がかりがつかめなくなる。

「じきに技術集団の連中が気づいて駆けつけるはずだが……」

弘人がつぶやく。

「技術集団？」

そうだ。ここには悪鬼を討つのを生業《なりわい》とする精鋭がそろっているのだ。本殿で起きていることはいえ、この強力な妖力の衝突に気づかぬわけがない。

ところが清姫は、弘人の意思を見抜いたのか、あるいはふたりを始末しきれぬとふんだのか、燃えさかる障子戸を突き破って外に出ると、蛇体を解かぬまま庭の先の闇《やみ》にむかってしゅるしゅると這《は》って逃げてゆく。

「追え、美咲！　綺蓉の行方《ゆくえ》を吐かせるんだ」

弘人が、いっそう勢いを増してくる炎に、さらに大量の御封を放って抑えながら叫ぶ。

炎を消しきるつもりなのだろう、たしかにこのまま放っておいたら他所《よそ》にも火の手がまわってしまう。かといって、美咲の力では抑えきれそうにもない。

「わかった」

美咲は頷くと、清姫のあとを追った。

するりと妖狐《ようこ》の姿に変化《へんげ》して、清姫の消えた方角に走りだす。

逃げる敵を追うのは得意だ。痕《あと》をたどり、気配をかぎつけて蛇体の行方をたどる。

闇に目を凝《こ》らし、風を切って、綺蓉のために美咲は全力で駆けた。

## 5

美咲《みさき》は鴨川《かもがわ》にさしかかる街道のはずれで、清姫《きよひめ》に追いついた。

あたりは丈《たけ》の低い草の生《お》い茂《しげ》る叢《くさむら》の平地である。鴨川河畔《かはん》に青白い炎の鬼火があつまってゆれているのが見える。

美咲の目はだいぶ暗闇《くらやみ》に慣れて、物影を把握《はあく》できる状態になっていた。

「まちなさい、清姫！」

人の姿に戻った彼女は、前方の清姫めがけて、ただちに御封《ごふ》を放った。

ぴしぴしと空間を軋《きし》ませて御封が壁をつくり、清姫のゆく手を阻《はば》んだ。

「ぎゃあぁぁあっ」

清姫は蛇体《じゃたい》をうねらせて撥《は》ね返る。まさか、追いつかれるとは思っていなかっただろう。

「おのれ、橘屋《たちばなや》めェ」

怒りに満ちた形相《ぎょうそう》で美咲をふり返った清姫は、腕をかざして〈御所《ごしょ》〉を焼いたのとおなじ炎を繰り出してきた。美咲の足元には曼珠沙華《まんじゅしゃげ》の蕾《つぼみ》が現れ、花がひらき、一瞬のうちに烈火となって襲いかかってくる。

「また火が……」

美咲は後退し、御封を放って炎を抑《おさ》える。御封を受けた炎は水でも浴びせられたかのように勢いをなくして鎮火《ちんか》する。

「おぬしなど燃やしてくれるわ！」

清姫はふたたび美咲のもとに花を咲かせるが、〈御所〉のときよりも、いくらか数が少なくなっていることに美咲は気づいた。

（あそこでかなり力を消耗《しょうもう》したんだわ……）

弘人を手こずらせたくらいなのだから、相当量の妖気を注ぎこんでいたのにちがいない。

美咲が御封で抑えそこねた赤い炎が、あちこちでちろちろと小さくゆらいでいる。

「清姫、あなたはなにがしたいの、綺蓉《きよう》に化《ば》けて、みずからも嫉妬《しっと》の炎を燃やして。あなたの目的はいったいなんなの！」

美咲は御封を握りしめ、清姫の不気味にぎらつく黄金色《こがねいろ》の眼《まなこ》を見据《みす》えて問いただす。

「わらわの目的か。ほほほ。知りたいのなら、教えてやろう。目的はおぬしの首じゃ、酉《とり》ノ分《ぶん》店《てん》の妖狐《ようこ》の娘よ」

「あたしが目的なの？　綺蓉やヒロではなく――」

言いながら美咲ははっと目を見開く。そういえば、清姫も高野山《こうやさん》の出入りをくりかえしている妖怪なのだと聞いた。

「まさか、高札場《こうさつば》の……」

「ほほほ、知っておったか。おぬしの首には値打ちがある。おぬしの首があればわらわの望みもかなうのじゃ。獲《と》らずにはおられぬのじゃ」

清姫は白い咽《のど》をのけぞらせて声高《こわだか》に笑う。

「あたしが目的なら、なんのために〈御所〉になんて潜《もぐ》りこんだのよ」

直接、西ノ分店に襲いにくればよかったのに。

「わらわは、こんなふうにおぬしの前に姿を見せて直接攻撃を仕掛けるつもりはなかった。おぬし自身が抱く嫉妬心《しっとしん》を利用してひそかに物陰から焼き殺すつもりだったのじゃ」

「わたし自身の嫉妬心を利用して……？」

そんなことが可能なのか。

「そうじゃ。そのためにまず、見習いの女官《にょかん》になりかわって〈御所〉に潜りこんだ。若殿の身辺をさぐり、おぬしの嫉妬を煽《あお》れそうな女子《おなご》を選びだすためにな。……そして状況を把握したところで次に、もっとも使えそうな女子、綺蓉と入れかわったのじゃ」

その入れかわったのが、綺蓉が行方《ゆくえ》知れずになった朝のことなのだろう。

「綺蓉はどうなったの。いま、どこにいるの？」

これを聞きださねば意味がない。ところが清姫は、

「知らぬわ。いまごろは蝦蟇《がま》の餌《えさ》じゃ。あの女子もたいした怨念《おんねん》を抱《かか》えておらなんだので落胆《らくたん》したわ」

清姫はむしゃくしゃしたようすで吐き捨てるように言う。

（――え？）

ということは、先ほどの炎は弘人の言うとおり、綺蓉の嫉妬を燃やしたものではなかったのか。

「蝦蟇の餌ってどういうこと？　あなたの望みとはいったいなんなのよ、清姫」

美咲はふたたび、清姫に問いただす。

「聞いてどうする。どうせおぬしが死んでからしか実現せぬことじゃ」

ほほほ……と高らかに笑いながら、清姫は掌《てのひら》にこしらえた火の玉を、美咲めがけて投げつけてきた。

しゅっと音をたてて、熱い塊《かたまり》が頰《ほお》の横を飛んでゆく。

「言いなさい！　いったいなにを目論《もくろ》んでいるというのよ！」

背後に飛んでいった炎が青草に着火するのを目の端にとらえつつ、美咲は叫ぶ。

「やかましいわ。おぬしはさっさと死ねェ！　わらわはただで高野山へは帰らぬぞォ」

「きゃっ」

美咲は悲鳴をあげた。大木の幹のような太い蛇尾《だび》が、いつのまにか背後から迫っており、一瞬のうちに美咲のからだに巻きついた。

「うっ……」

強い力で身を締めあげられ、美咲は呻《うめ》いた。臓腑《ぞうふ》が圧迫され、胴が引きちぎられるようだ。

「あたしを殺したら……あなたはまた高野山に舞い戻ることになるわ。それでもいいの？」

美咲は声をしぼりだして脅《おど》す。

「かまわぬわ。あんなところ、わらわは慣れっこじゃ」

清姫は血走った目をぎょろつかせて笑う。

（投獄《とうごく》を恐れない……）

茨木童子《いばらきどうじ》とおなじで、高野山の暮らしが苦にならない妖怪なのだ。無謀《むぼう》にも〈御所〉で暴れられるわけだ。

「あなたみたいなのは性質《たち》が悪いわ……」

さきほど投げた炎の玉が背後の叢で火の手をあげるのを尻目《しりめ》に、美咲はひとりつぶやく。ここは野原だからどれだけ炎上してもかまわないが、このまま締め殺されて焼かれてはかなわない。

「何度でも、高野山に送りこんであげるわよ！」

美咲はからだじゅうの妖気を解放して妖狐の姿に変化《へんげ》し、攻勢に転じた。

「ぐわ……っ」

清姫は美咲の妖気にあてられて怯《ひる》んだ。

蛇体《じゃたい》からするりと逃れて地に降りたった美咲はふたたび人型に戻り、御封を清姫のからだに放った。変化することで縛《いまし》めから逃れるのは、この前の海妖怪との闘いで学んだことだ。

御封はびしびしと清姫の蛇体に貼《は》りついた。

妖力《ようりき》を抑えこまれた清姫が、唸《うな》ってその場に静止する。

清姫の動きを封じた美咲は、破魔《はま》の爪《つめ》を出して清姫にとびかかった。

彼女の上半身は女体《にょたい》である。美咲はその清姫の白い胸元に爪を立てて、一気に引き裂いた。

「ぎゃああああああ」

黄金色の焰《ほむら》がたって破魔の力が滲《にじ》み、そのまま清姫は地面にどうと倒れこんだ。

しかし清姫にはまだ息があった。

「知っておるか。……あの男の中には……綺蓉の姉だという白菊《しらぎく》なる女子が……、棲《す》んでおるのじゃぞ」

　青ざめた顔だけをもたげ、清姫が言う。

　美咲ははじめ、なぜとつぜん清姫がそんなことをきりだしたのかと思ったが、美咲を動揺させ、妬《ねた》みを煽ることで自《みずか》らの妖力を得ようとしているのだということに気づいた。綺蓉からとりそこねたぶんを、今度は美咲から撚《よ》りだすつもりなのだ。

「ええ。知っているわよ」

　美咲はいささかの動揺もみせずに返した。実際、過去のことだと割りきっているためにどういうことはなかった。

「おぬしなど……その女の身代わりにすぎん……！」

　清姫は、息も絶え絶えに恨《うら》みがましく言う。

「代わりではないわ。あたしはあたし。白菊ではないわ。もしヒロが白菊を忘れられないと言うのなら、そういうヒロごと愛すからいいわ」

　美咲は、毅然《きぜん》と言い放った。

　以前の自分なら、きっともっと疑心暗鬼《ぎしんあんき》に陥《おちい》っていた。自分に自信がなく、弘人の心がどこにあるのかも見抜くことができずに、白菊や綺蓉に対しても嫉《そね》みを抱いていただろう。

　けれど、遠野《とおの》の出来事や、海辺で交《か》わした約束などの彼との時間の積み重ねが、そういう感情が無意味なことなのだと教えてくれる。

だから、清姫が期待している嫉妬の念などは生じない。〈御所〉でも、綺蓉を利用して美咲をゆさぶろうとしていたが、どのみち失敗に終わったはずだ。彼女の妖力の源《みなもと》となるものなど、美咲の中にははじめから存在していないのだ。

「誤算だったわね、清姫」

美咲は月明かりのもとで、清姫を見下ろして言う。

「ぬううう……綺蓉といい、おぬしといい……！」

清姫は業《ごう》を煮やして、おぞましい唸り声をあげる。

「妬《ねた》みを生まぬからだなぞいらぬわァ！」

清姫が渾身《こんしん》の力をふりしぼって、威嚇《いかく》するように蛇尾をしならせた。こっちを締め殺すつもりか。

美咲はそれを討つために御封をかまえた。

「綺蓉はどこなの！」

清姫は破魔の攻撃を受けているから消耗《しょうもう》がはやい。もう一度御封を食らわせば、むこうはどんどん弱って、しまいに息の根がとまるのにちがいない。けれど、そうなると綺蓉の行方を知る手がかりがつかめなくなってしまう。

まだ死なせるわけにはいかない。

「はやく、言いなさい。どこにいるの」

蛇尾は美咲を狙っているが、清姫の唇《くちびる》がみるみる色を失ってゆく。酸欠のためか、息が荒い。

まずい。綺蓉の情報はあきらめるしかないのか。

双方が出方をまってじりじりと睨《にら》みあっているところへ、

「おまたせっ」

聞きなれない人物の声がしたかと思うと、突如《とつじょ》暗闇からあらわれたその人物が、清姫の蛇体の真ん中に腰切棒《こしきりぼう》を突き立てた。

「ぎゃあああぁァ」

強い妖気が生じて、清姫は醜《みにく》く呻き、血を吐く。

蛇腹《じゃばら》がたわみ、清姫が断末魔《だんまつま》の叫び声をあげながら蛇体をうねらせてのたうちまわった。

美咲は容赦《ようしゃ》のない攻撃に思わず息をのんだ。

清姫を刺したのは、丈《たけ》の短い裾《すそ》からすらりと脛《すね》をだした華奢《きゃしゃ》な若者だ。紫紺《しこん》の瞳が闇の中で爛々《らんらん》と輝き、その額《ひたい》には二本の角《つの》がある。

「あなたは、茨木童子……！」

意外な人物の登場に美咲は驚いた。

「おの……れ……茨木童子め……」

清姫が、荒い息を吐きだしながら憎々しげに茨木童子を睨《ね》めつける。

「アハハッ。悪いね、清姫」

茨木童子は軽やかに笑いながらそう言うと、彼女の蛇尾をもう一度妖気をはらんだ腰切棒で打ちすえた。ずしゃりと肉を断つにぶい音がして、大量の血が噴《ふ》きだす。

「……ぁ……」

清姫は目をむいたまま、こと切れた。力を失った蛇体は、血を流しながら地面にのびて、それきりピクリとも動かない。

川風に乗って、青草の燃える匂《にお》いと、血の匂いが流れてきて鼻をつく。

茨木童子は肩にかかった尻尾《しっぽ》のような結い髪をはらい、美咲のほうをむいた。

「大丈夫？」

清姫の凄惨《せいさん》な死に様に釘付けになっていた美咲に、彼がたずねる。

「え、ええ。あの、ありがとう」

美咲は残虐《ざんぎゃく》なとどめのさし方にいささか動揺したものの、いちおう礼を言った。

「なにも殺すことはなかったんじゃ……」

沈静物と化した清姫を見やりながら、美咲は少し同情気味につぶやく。自分は龍の髭《ひげ》で縛《しば》って投獄するつもりだった。〈御所〉に火を放ったのだから、生きていてもそうとう重い刑が科せられることにはなるのだが。

「なに言ってんだ。あんな手ぬるいやり方で終わりにしてちゃ、じきに仕返しされちゃうぜ？　こいつはおれとおなじで高野山の常連なんだから」

何度でも罪を犯《おか》すのだと、茨木童子は飄々《ひょうひょう》として言う。

「清姫から聞きだしたいこともあったのよ」

「そうなのか？　でも、おまえ、あとちょっとで反撃されるところだったじゃない」

「ええ、まあ……」

蛇尾は押さえるつもりでいたのだが、はた目からはわからないかもしれない。とにかく茨木童子は自分に味方してくれたのだから感謝せねばならない。

「なんでまたこんなことになっちゃったのさ。〈御所〉からも火が出ていたようだったけど」

美咲ははっとする。

「そういえば、ヒロは大丈夫かしら」

〈御所〉の火の手はどうなったのだろう。

美咲は、もともとは〈御所〉で戦闘がはじまったのだと、これまでのいきさつをかいつまんで茨木童子に話した。

「大丈夫だろ。あいつは火に焼かれて死ぬような間抜けじゃないよ。それより、自分の身を心配したほうがいいんじゃないのかい？　やっぱり狙われちゃうみたいだなあ、高札場に名があがった妖怪は」

言われて美咲は、たしかにこんな調子で敵に入れかわり立ちかわり襲ってこられてはたまらないなと思う。

弘人《ひろと》がやってきたのは、ちょうど茨木童子との会話がとぎれたその直後のことだ。

足音と気配が近づいてきたかと思うと、一体の鵺《ぬえ》が闇からぬっとあらわれる。

「ヒロ！」

まとう妖気ですぐに彼だとわかった。闇の中に青白く浮かびあがる神々《こうごう》しいまでのその姿態に目を奪われていると、弘人はじきに輪郭《りんかく》を失って人の姿に変わった。

見慣れたはずの着流し姿の弘人と目があって、どきりとする。妖気のせいだ。青白い光の粒子が、まだ彼をとりまいているような錯覚をおぼえる。

変化をしてからもかすかに漂うこの鵺の妖気の残滓《ざんし》が、いつも好きだと美咲は思う。

「大丈夫か。――おまえ、なんでここに？」

弘人は茨木童子に目をうつす。彼の存在にずいぶん驚いているようだ。

「やっぱり弘人を夜の飲みに誘おうと思って〈御所〉にむかってたら、この清姫と美咲の追いかけっこに遭遇したんだよ」

　茨木童子は足元にのびている清姫を見下ろして言う。

「それで加勢してくれたのね。ありがとう」

　美咲は弘人にことのなりゆきと、なぜ綺蓉が拉致《らち》されたのかを説明した。目的が、自分の首であったということも。

「そうか。おまえの首狙いというのは想定内だったよ。でも、綺蓉の行方は結局つかめずじまいなんだな」

　弘人は、清姫が目をむいたまま死んでいるのをみとめながら言う。もはや、情報をひきだすことはかなわない。

「きのう舞鶴《まいづる》の谷に行ったとき、日和坊《ひよりぼう》から、〈十六夜《じゅうろくや》の里〉の見張り番がめずらしく鵺の女の人を囲っていたと聞いたじゃない？」

「ああ、そういや、それらしいこと話してたな」

「ひょっとしたらそれが綺蓉かもしれないのよ。さっき清姫が、綺蓉は蝦蟇の餌だとか口走ったから」

「綺蓉ってだれだ？」

　話についてこられないらしい茨木童子が、首をつっこんでくる。

「ヒロのお側女《そばめ》よ。これまでは清姫がその人に化《ば》けていたの。本物の綺蓉は数日前から行方不明なのよ」

「それで見張り番が囲っているのがそれなんじゃないかって？　鵺の女なんて、その辺にごろごろいるんだぜ。そんな偶然あるもんか」

茨木童子は言う。

「まあ、それもそうだが。蝦蟇の餌ってのは気になるな。たしかに日和坊は、里の見張りは蝦蟇使いがしていると言っていたし」

弘人が顎《あご》に手をやってつぶやく。

「もう喰《く》われて死んでたりしてね」

茨木童子が無遠慮に言う。

「縁起《えんぎ》でもないこと言うな」

「そうよ。清姫は彼女を殺したとは言わなかったもの。ちゃんとまだ生きているはずよ」

美咲は確信して言う。そう信じたいという気持ちが大きかった。

「明日、奥出雲《おくいずも》に行ってみるか」

弘人が美咲のほうを見て誘う。単なる偶然にすぎないかもしれないけれど。

「うん。〈十六夜の里〉への入り口とやらもちょっと見てみたいし」

美咲は頷《うなず》いた。

「そういや、明日は十六夜になるんだなあ」

茨木童子がふと、紫紺の瞳で月を見上げて言った。

つられて美咲と弘人も空を仰《あお》いだ。たしかに今夜は、満月らしき丸い月が浮かんでいる。隠《かく》り世《よ》では毎月十五夜が満月だ。ほのかに輪郭のかすんだ朧月《おぼろづき》だが、色が現《うつ》し世《よ》とは異なり紅《あか》いので、果実が熟《う》れているように見える。

「里への道もひらけるのか。だったら引き潮《しお》の時刻にあわせて行ってみるかな」

弘人が思案顔《しあんがお》で言う。彼も里に興味があるようだ。

「でも、白夜《びゃくや》の迷宮だって日和坊が言ってたわ。迷ったら終わりだって」

「ちょっと顔だけ突っこんでむこうをのぞくくらいなら大丈夫だろ」

足を踏み入れなければいいのだと弘人は言う。

探検好きな子供みたいな弘人がおかしくて、美咲は少し笑った。それから、

「〈御所〉に戻って朧車《おぼろぐるま》を呼びださなきゃ。清姫を高野山に運ばないといけないわ」

白い腹をみせて死んでいる清姫に目をうつしてから言った。

月明かりをあびて、八メートルもの蛇体が叢にのびている。このままこの場に放置しておくわけにはいかないし、引き取り手のない骸《むくろ》はたいてい高野山で弔《とむら》われる。

「そうだな。ひとまず、〈御所〉に帰ろうか。あっちは技術集団が来る前になんとか鎮火《ちんか》させたんだ。本殿の一部は焼けてしまったけど……」

弘人が言うと、

「じゃ、おれは大江山《おおえやま》に帰る」

茨木童子はそう言って手をひらつかせると、ふたりに別れを告げて踵《きびす》を返した。

「ありがとう、茨木童子」

美咲はその後ろ姿にもう一度礼を言った。ちゃらんぽらんな鬼だが、力は強く、味方にしておいて損のない相手であるらしいことはたしかだった。

「おまえ、裸足《はだし》なんだな」

茨木童子が去ったあと、ふと弘人が美咲の足元に気づいて言った。

「あ、そうなの。急いで変化してそのまま飛び出してきたから」

戦闘中は気にならなかったのだが、ひんやりとした草を踏んでいる素足は、擦《こす》れてわずかに痛みを感じる。

「おぶっていってやろうか?」

とつぜんの申し出に、美咲は目を丸くした。

「あ、歩けるからいい。荷物になるし……」

素直に甘えるのがなんとなく気恥ずかしくて、美咲は目をそらして断った。

「なんだよ、遠慮するな。おまえなんか軽いからどうってことないよ。それに、清姫を倒してけっこう疲れてるだろ。人型のときは足になにか刺さっても厄介《やっかい》だしな。ほら」

そう言って弘人は美咲の前に屈《かが》みこむ。

たしかに、妖力をかなり消耗していたし、暗闇を素足で歩くのは心もとない。

「ありがとう……」

ひろい背中に誘われるように、美咲は弘人に身をあずけた。負ぶわれるのははじめてだった。

弘人が立ちあがると、一瞬ふわりと宙に浮くような感覚があって、思わず肩にしがみついた。

男らしく逞《たくま》しい背中。そのまま、なんとなく彼に頰をあずける。

〈抱きあっているときとおなじぬくもり……〉

歩をすすめるたびに伝わるゆれが心地よくて、美咲は瞳をとじる。

清姫退治の疲れが出て、そのまま眠ってしまいたくなった。

「おまえ、ほんとうに強くなったたな」

〈御所〉に戻る道すがら、ふと弘人が静かにしゃべりだした。

「清姫の始末はひとりじゃ無理だろうと思ってあわてて駆けつけたんだが、しっかり片づいていた。動きも素早いし、御封の威力も高まってる。……もう、『高天原《たかまがはら》』で助けてやったころのおまえじゃないんだな」

弘人は優しい声音《こわね》で、懐《なつ》かしそうに言う。

「清姫は、〈御所〉でかなり妖力をつかって弱っていたから……。それにいまは幸せだから、嫉妬なんてなかったし」

美咲は少しはにかんで言った。遠回しにこちらの想いも伝えたつもりだった。いまが、ほんとうに幸せなのだと――。

「ああ。うれし恥ずかしの初夜は、えらいことになったけどな」

弘人は苦笑しながらぼやく。

「そうよ。あたしひとりでうっとりしてバカみたいじゃない」

清姫があらわれる直前までの出来事を思い出した美咲は、にわかに顔が熱くなるのを感じて顔をはなした。こっちはついに一線越えるのかとハラハラだったというのに。

「いや、清姫が来なければこっちもうっかり夢中になるとこだったよ。まあ、いい予行演習だったんじゃないか」

弘人は少し美咲をふり返って、にっと笑う。

「知らない」

あんな思わせぶりな芝居はもうこりごりだと思い、美咲はぷいと横をむいた。

# 第四章　鬼の反撃

1

風が湖を渡って、夕映《ゆうば》えの湖面がかすかにさざ波だっていた。

物音がするので目をさますと、雲劉《うんりゅう》が食事の膳《ぜん》を運んできたところだった。

いいかげん、他人——それも家事のまったく似合わない男の世話になるのが嫌になって、厨《くりや》を貸してもらえれば自炊《じすい》すると申し出てみたのだが、「仕事だからかまわん」と言って拒否された。

清姫《きよひめ》からの音沙汰《おとさた》は、昨夜、胸の中の醜《みにく》い感情を暴かれて以来、ない。雲劉にたずねてみても、「いまは〈御所《ごしょ》〉にいる」の一点張りでなにも情報がつかめない。

綺蓉は相変わらず社《やしろ》から出ることがかなわず、ただいたずらに時の流れるのをまつしかなかった。

「お腹《なか》がすいたの？」

餌《えさ》を与えて以来すっかりと自分に懐《なつ》いてきた蝦蟇《がま》の子が、綺蓉《きよう》の残した膳の横にきて「げこげこ」と催促《さいそく》する。

「あまり食べてばかりいると、お腹をこわしますよ」

綺蓉はそう言いながら、膳の上にあるユリ根の料理を箸《はし》でつまんでさしだす。

すると蝦蟇の子は長い舌でぺろりとそれをたいらげる。

終始、無表情なのがおかしくて、綺蓉はくすくすと笑った。

ここに軟禁されて四日目になるが、この蝦蟇の子とならんで湖を眺める生活に、もうすっかりなじんでしまった。弘人や美咲を案じる気持ちはあるのだが、情報がつかめないせいでその感覚もなんとなく麻痺《まひ》している状態だった。

「おかわりなの？」

ずり、と膳ににじりよった蝦蟇に気づいて、綺蓉はもう一度ユリ根をさしだす。こういうときは、餌《えさ》をせがんでいるのだ。数回接しているうちにおぼえた。

「ずいぶん懐《なつ》いているな」

とつぜん縁のほうから声がふってきて、綺蓉はびくりと肩をゆらした。階下に去ったと思っていた雲劉がまだいたらしい。

「獣《けもの》の妖怪にはあまり懐くことがないんだが、はじめて餌をやっているのを見たときはおどろいた」

雲劉は縁に立ちつくしたまま言った。

「そうなのですか」

餌付《えづ》けをしている自分を見られたのは、今日がはじめてではないらしい。

「そうして頬《ほお》がふくらむのは、相手に好意を示している証《あかし》だ」

雲劉は、蝦蟇の両頬を見ながら言う。

この男はぶっきらぼうの朴念仁《ぼくねんじん》だが、使役《しえき》する蝦蟇のことはずいぶんとかわいがっている。

蝦蟇の話をする彼は、ふだんより表情が柔らかだった。

「おまえ、無表情でも感情はあるのね」

綺蓉もなんとなくなごんで冷たい蝦蟇の頭を撫《な》でる。

「あんたは、まだ食べないのか」

雲劉は、ほとんど手つかずの状態の膳を見やって問う。

「あまり、食欲がありませんから……」

ここへ来てからずっと、空腹を感じない。状況が状況であるから、食欲も起きないのだろう。

食べて、精をつけねばならぬとわかってはいるのだが。

「無理にでもいいから、なにか口にしてくれ。あんたに死なれては困る」

雲劉はいつもの無表情で言った。

「なぜです？」

綺蓉は、なぜ自分に慈悲《じひ》などかけるのか不思議に思いながらたずねる。

「おれは、あんたを攫《さら》って閉じ込めるよう依頼されたが、殺せとは言われていない」

雲劉は淡々と答える。こちらの身を案じているわけではなく、仕事を忠実に果たしたいという、ただそれだけなのだ。

綺蓉は雲劉から目をそむけた。自分はこの男になにを期待していたというのだろう。胸に寒々としたものがひろがる。

「清姫は酉《とり》ノ分店《ぶんてん》の娘の手で始末された」

だしぬけに、雲劉は言った。

綺蓉ははっと雲劉を見た。

「ゆうべ、鴨川《かもがわ》の付近で戦闘になったらしい。〈御所〉の一部も焼けたようだ。清姫の骸《むくろ》は高《こう》野山《やさん》に送られた」

「美咲《みさき》様はご無事なのですか？　いまどちらに？」

「〈御所〉にいるだろう」

「よかった……」

綺蓉はそのことにひどく安堵《あんど》した。今回のことは、自分の弱さが招いた事態でしかない。これで美咲の身になにかあったら、弘人《ひろと》にあわせる顔がない。純粋に、美咲の無事を祈る気持ちもあるのだが――。

「清姫がいなくなったというのなら、わたくしは用なしとなるわ。この身も解放されるのでしょう？」

綺蓉がそれを期待して問うと、

「だめだ。さる人物から、あんたのことは口封じのために、引き続きここへ閉じこめておくよう頼まれた」

雲劉は淡々と言った。

「そんな……。いったい、だれに頼まれたというのです？　さる人物とはいったい――」

そういえば、おなじころに出所した妖怪に美咲の首を獲《と》るよう依頼されたのだと言っていた。それこそが首謀者《しゆぼうしや》だ。

「名を告げることはできない。そいつはしばらく高野山に入る気はないらしく、本人も徹底的に足がつかないよう立ち回っている。清姫をけしかけたのも、そいつだ」

前科のある者ということか。高札場《こうさつば》の件を知っているくらいなのだから、中にいた者である可能性は高い。

「今夜、ここに本店の鵺《ぬえ》と妖狐《ようこ》の娘が来る」

雲劉に言われ、綺蓉は、はたと面《おもて》をあげた。

「弘人様と美咲様が……？」

「あんたがここにいることをつきとめたらしい。だが――」

雲劉は無慈悲に告げた。

「妖狐の娘はおれが始末する」

綺蓉は息を呑《の》んだ。

「おやめください。美咲様は弘人様の妻となったお方。もしもその方を殺《あや》めたら、並みの刑ではすみませんよ！」

綺蓉は脅《おど》しのつもりで警告を与える。八つ裂きの刑もありうる。

しかし雲劉はまったく意に介さぬようすで返す。

「高野山の暮らしに怯《おび》えているようでは、この仕事はつとまらん。おれも、清姫や依頼主とおなじ前科者だ。あそこへ入ることなど、里帰りくらいにしか思っていない」

「なりません。美咲様がいなくなったら、弘人様だってあなたのことをお許しにはならないわ。あなたも死ぬことになりますよ」

どれほどの怒りを買うことになるか。考えただけで恐ろしい。

けれど雲劉は聞く耳をもたなかった。

「鵺と闘う覚悟もあるし、高野山に骨をうずめる覚悟もある。……いちいち止めるな。おれは殺しを生業《なりわい》として生きてきた。依頼を受け、それをこなす。殺生《せっしょう》がおれの生きる理由だ。いい奴《やつ》も、悪い奴も、依頼主の意思に従って殺してきた。生きるために殺す。殺しの肩書きを取りあげられたら、あとにはなにも残らない。だれもおれを必要としなくなる。それは嫌だ。……だからこの仕事も果たす」

「だれも必要としなくなる……？」

綺蓉は、雲劉の言葉をくりかえす。その言葉は、ずしりと重く綺蓉の胸に響いた。

自分も、側女《そばめ》という肩書をなくしたら、なにも残らない。そういう見方をすれば、いま自分が生きる理由など、どこにもないようにすら思える。

雲劉の言ったことは、そのまま自分にあてはまることだった。

ながい沈黙が落ちた。

雲劉はじっと黙ったまま、まばたきも忘れてなにごとか考えこんでいる綺蓉を見ていた。

湖をわたった夕暮れどきの涼風が、ゆっくりと部屋に流れこんでふたりのあいだを旋回してゆく。

「わたくしも、あなたとおなじだわ、雲劉」

　ぽつりとそんなせりふが綺蓉の口をついて出てきた。

　雲劉が、かすかに眉《まゆ》をあげる。

「おなじだわ。……わたくしも、弘人様の側女というお役目を取りあげられたら、あとにはなにも残らない」

　ずっとそれだけのために生きてきた。彼のそばにあって、彼に尽くして生きる。それが自分の幸せ。幼いころから、そうしつけられて育ったから。

　けれど、それではっきりした。いま、この瞬間にあきらかになったことがあった。

「わたくし、わかったわ。自分が、なにを奪われるのに焦《あせ》っていたのか――」

　綺蓉は、ほとんどひとりごとのようにつぶやく。

　目からうろこの落ちる思いだった。

　これまで姉の白菊《しらぎく》や、美咲に抱《いだ》いていたもの。それは、弘人を奪われることへの焦りではなかった。彼女らが存在することによって、弘人に仕《つか》えるという使命が奪われ、自分がだれからも必要とされなくなるのが怖かっただけだ。

　自分のいちばん大切なもの――それは、彼に仕えるという使命であった。

　だからこそ、清姫の見せてきた夢にも疑問をおぼえたのだ。

　綺蓉は、心の中で固く凝《こ》りかたまっていたものが、すうっと溶けてゆくのを感じた。

「清姫の言うことに、苦しむ必要などなかったのだわ……」

弘人と結ばれるのが望みではないのだから。

清姫の言葉に惑《まど》わされて、うっかりと自分を見失ってしまうところだった。

雲劉は沈黙を保ったまま、綺蓉を見つめた。

状況が状況だから無理もないが、ここへ来てからというもの、いつも浮かない顔をしていた女が、まるで新しい朝を迎えたようなすがすがしい表情に変わってゆくのに興味をひかれて。

「ありがとう……」

顔をあげた綺蓉は、雲劉と目をあわせてほっとしたようにつぶやく。

雲劉が、殺しの仕事以外で礼を言われたのはひさしぶりのことだった。彼は、もっとべつの表情も見られるのではないかという好奇心に似た感情が生まれるのを感じた。なぜ蝦蟇がこの女に懐いたのかも知りたいところだった。

けれど、そのとき。

げこげこと雲劉の肩に乗っていた蝦蟇が鳴きだした。なにか異変を知らせるような、不吉な鳴き声だ。雲劉ははっと我《われ》に返った。

「いずれにしても、妖狐の娘の首はおれが獲る」

雲劉は自《みずか》らに言い聞かせるかのように言って、肩にいる大蝦蟇に手をかざした。

「あんたは今夜、この部屋からは出るな」

雲劉が言ったとたん、大蝦蟇の鳴き声がぐっと大きくなり、強い妖気が生じた。部屋にいた蝦蟇の子まで、大蝦蟇の鳴き声に呼応《こおう》するように鳴きだす。

綺蓉は警戒して身をこわばらせた。

鳴き声が室内に響きわたり、空気を震わせてピシピシと結界《けっかい》の壁が生まれる。ここに自分を閉じこめるつもりなのだ。

「おやめください！」

綺蓉は立ちあがって叫んだが、すでに薄い硝子《ガラス》のような結界の壁がふたりを隔《へだ》てていた。

部屋を出ようとした彼女はバチッと弾《はじ》かれ、あわてて後退した。

（もう出られない……！）

結界の障壁《しょうへき》を前に、綺蓉は右往左往《うおうさおう》した。

雲劉はしばらく無表情で彼女を見ていたが、そのまま目をそむけて階下へとおりていってしまう。

「雲劉……」

綺蓉は呼びとめるが、声は届かず、彼は戻らない。

いけない。このままでは、美咲か雲劉のどちらかが死ぬことになる。美咲はもちろんのこと、あの男にも、なぜか死んでほしいとは思わない。

（なんとかして雲劉を止めなくては……）

綺蓉は拳《こぶし》をにぎりしめた。

自分にとっての幸せとは、弘人からの寵愛《ちょうあい》をうけることではなく、彼を支え、彼の役に立って生きることにある。このまま、黙ってここに閉じこめられているわけにはいかない。

綺蓉は、ふと、背後にいる蝦蟇の子を見た。

さっきのようすだと、結界を張っているのは雲劉ではなく大蝦蟇のようだった。彼はあくまで、それを操っているのにすぎない。

「ねえ、おまえ」

綺蓉は畳《たたみ》に座ると、ぶすっと黙りこんでいる蝦蟇の子をのぞきこんで優しく話しかける。

「おまえにも力はあるのよね。結界を解いて、わたくしをここから出してくれる？」

蝦蟇は目をあわせているものの、無反応だ。もともと、表情が変わることなどないのだが。

「おまえの主《あるじ》の身が危険なのよ。このままでは高野山に――、それどころか命を落とすことにもなりかねないわ」

雲劉の言葉を聞きわけられるのだから、自分の言うことも通じるだろう。綺蓉はそう考えて、小さな蝦蟇の子に説得を試みた。

（美咲様をお守りいたします……）

弘人のために、そして彼らの幸せを願う自分自身のために。

2

美咲《みさき》と弘人《ひろと》は、綺蓉《きよう》がいると思われる奥出雲《おくいずも》に行くため、まず比叡山《ひえいざん》にむかっていた。

正反対の方角ではあるが、本区界から奥出雲のある辰《たつ》ノ区界《くかい》に抜けるには、いったん比叡山を通るのがいちばんの近道になるのだという。

宵《よい》のにぎわう街道を歩きながら、ふと、美咲は月をあおいだ。

「あれで十六夜《じゅうろくや》の月なのよね」

今夜の月は端がわずかに欠けているはずなのだが、一見、満月にしか見えない。

「そういえばこの道、このまえ茨木童子《いばらきどうじ》と歩いたな」

つられて月をあおいでいた弘人が、街道筋の店に目をうつして、ひとりごとのようにつぶやいた。

「最近の話？」

「ああ、修行を終えておまえのところに帰る日だよ。おれは酔っ払ってたし、あいつは比叡山に用があるとかで、いっしょに来てくれたんだ」

「あ、だからあの日、純正の女が恋しいとか、おかしなことを言ってたのね」

茨木童子と過ごしたせいなのだろう。閻魔帳《えんまちょう》の書庫に来たときの調子だと、彼は酒が入れば親密な態度で弘人に接しそうだ。両性具有の妖怪を相手にやきもちを妬《や》くべきなのかどうか迷うところだが。

ふたりは途中、釣りが趣味で潮汐《ちょうせき》にくわしい妖怪のところに立ちよって干潮《かんちょう》の時刻を確認したあと、奥出雲へとむかった。


奥出雲の天ケ淵《あまがふち》という湖は、面積としてはかなりのひろさだった。

「琵琶湖《びわこ》ほどでもないけどすごいな」

弘人が眼下の景色を一望しながら言う。しかし、

「これが湖なの……?」

美咲は思わずつぶやいた。

月明かりに照らされて目の前にひろがるのは、水のすっかりとひいた砂地だ。ところどころに水たまりができて紅《あか》い月を映している。美咲は幼いころに行った潮干狩《しおひが》りの海を思い出した。

「潮の満《み》ち干《ひ》があるってのはほんとうなんだな。干潮時にはこうして水かさが減るから、鳥居《とりい》への道もひらけるってわけなんだ」

「釣りの人が言い当てたとおり、いまがちょうど干潮なのね？」

「だろうな。これ以上、水の減りようがない」

聞いていた時間よりもはやく干潮を迎えたらしく、湖には水がほとんどない状態だ。

湖の中には朱塗《しゅぬ》りの鳥居が構えられ、その横にはおなじく朱塗りの柱に瓦葺《かわらぶき》の立派な社《やしろ》が建っていた。

等間隔に灯《とも》された釣灯籠《つりどうろう》が、十六夜の月とあいまって幽玄《ゆうげん》な雰囲気《ふんいき》を醸《かも》しだしている。湖畔《こはん》からは、社へと繋《つな》がる橋がかかっている。こちらも朱塗りの欄干《らんかん》がついていて、距離は百メートルほどだ。建物自体は三階建てだが、陸と繋《つな》がっているのは二階部分だった。

綺蓉がいるのだとしたら、あの建物の中だろう。

「十六夜の里へは、まさにいましか行けないのよね？」

美咲は鳥居に視線を戻して問う。

「ああ、そういう話だが……」

干上がった湖に立つ鳥居は、いかにもべつの世界に繋がっていそうな不思議な眺めだった。

あんなにもきれいな石が採《と》れるのだから、さぞ美しい里なのだろう。桃源郷《とうげんきょう》のようなところだと日和坊《ひよりぼう》も言っていた。ちょっと行ってみたい気もするが、今夜のところは綺蓉の無事をたしかめるのが先だ。

「社のほうに行ってみよう」

弘人が言って、ふたりは社へとつづく板張りの橋に歩をすすめていった。

幅は二間《にけん》ほどもあり、歩くたびに板に足音がひびく。いまは湖に水はないが、桟橋《さんばし》を歩いているような感覚だった。

弘人は言った。

「現《うつ》し世《よ》にも、天ヶ淵って名前の土地があるんだ。八岐大蛇《やまたのおろち》とゆかりのある場所らしいよ」

〈十六夜の里〉はその現し世の天ヶ淵とも繋がるのだが、ふたりはこのときまだそれを知らなかった。

「八岐大蛇……？」

美咲はつぶやく。

『古事記《こじき》』によれば、「その目は赤いほおずきのようで、身ひとつに八つの頭、八つの尾があり、身に苔《こけ》や檜《ひのき》や杉が生え、長さは八つの谷、八つの丘にわたり、腹は血に爛《ただ》れている」と書き記されている巨大な化《ば》け物だ。

「八岐大蛇には、姫を助けるために退治された神話が残っているわね」

「スサノオノミコトとクシナダヒメ？」

　高天原《たかまがはら》を追放されたスサノオノミコトがこの地に降りたち、生贄《いけにえ》にされそうになっていたクシナダヒメを助けるため、オロチに酒を飲ませて刀で斬《き》り殺した。そのとき尻尾《しっぽ》から出てきた見事な太刀《たち》が、歴代天皇が継承してきた三種の神器《じんぎ》のひとつとして知られる草薙《くさなぎ》の剣《つるぎ》だという。

「オロチはひょっとしたら、ここを棲《す》み処《か》にしていたのかしら」

「さあ。隠《かく》り世《よ》のオロチはいま服役中だよ。もう百年ちかくになると思うけど」

「百年？」

　とほうもない年数に、美咲は目をみひらく。人間ならば終身刑である。

「人喰《ひとく》いだの洪水だので、現し世の里をいくつも襲っているからな。再犯をくり返してばかりで、たしか当分出られないいんじゃないかと思ったよ」

　弘人もそのへんはうろおぼえなのだという。

「百年よりもっと長い刑なんて……。寿命《じゅみょう》が長い妖怪たちの話題にはどうもなじめないわ」

　美咲はひとりつぶやきながら、もう一度、湖底に目をうつした。

「それにしても、湖の水かさが変化するなんて不思議ね。満潮になって水が増えたら、社は水に沈んでしまうの？」

「きっと厳島《いつくしま》神社みたいになるんだろう」

「あ、そこならおばあちゃんの囲碁倶楽部《いごくらぶ》の旅行写真で見たことがあるわ」

宮島《みやじま》にある、海の中に建つ鳥居や社だ。

しかしここは海でないのだから、水はどこから湧《わ》いて、どこへいってしまうのだろうと疑問に思う。現し世には斐伊川《ひいがわ》という川が流れているらしいと弘人が教えてくれたが、ここには流れ込む川も見られない。

「潮汐ってのは月の引力に関係して起きる現象で、琵琶湖クラスのひろい湖ならありえることらしいぞ。まあ、この湖に起きる潮差は海とおなじくらいの大規模なものだけど」

「〈十六夜の里〉自体が月や潮と関係しているのかしら？」

「かもしれないな」

弘人が言ったときのことだ。前方から、両手をいっぱいにひろげたくらいの大きな蝦蟇《がま》ガエルがのそのそと這《は》ってきた。

「大きなカエルね。なんでぴょんぴょん跳《と》ばないの？」

現し世には存在しないサイズのものなので、美咲は思わず見入ってしまう。

「蝦蟇はふつう這ってすすむだろ。もともとあんまり動かない生き物だけど」

「そうなんだ、知らなかったわ」

しかし目の前にあらわれた蝦蟇は、わりと活発な足運びでこっちにむかって這ってくる。

「社から出てきたのよね。蝦蟇使いが連れているやつかしら」

「おれたちを出迎えてくれてるのかもな」

弘人はそう言ったが、蝦蟇はこちらには目もくれず、ふたりのあいだをのしのしと通過してゆく。じっと見守っていると、その後、欄干をくぐって湖のほうへとおりてしまった。

「ちがったみたい。こんな高さからおりても大丈夫なのかしら」

美咲は欄干に手をついて、思わず下をのぞく。

「デカいから丈夫にできてるんだろ」

どうでもよさげに弘人が言って、ふたりはふたたび社にむかいはじめた。しかし、事態はその後、急変した。

「そういえばおまえ、さっきの茶屋で――」

弘人が、休憩のために入った茶店でのどうでもよい話を美咲にふったとき。

ピシリと空間がぶれた。

「美咲……？」

弘人ははたと足を止めた。

美咲がいない。

目を瞬《しばた》き、あわててうしろをふり返ってみたが、うしろにもいない。

「どこ行ったんだ、美咲」

たったいま、そばで話していたはずなのに、まばたきをひとつしているあいだに、忽然《こつぜん》と姿が消えてしまった。

次いで弘人は、それが結界《けっかい》によるものなのだと気づいた。前にすすもうとすると、強力な結界の壁に弾《はじ》かれて、それ以上は社に近づけないのだ。

「ちくしょう、いつのまに」

予想外の事態に、弘人は歯噛《はが》みした。何者かに、一瞬のうちに結界を張られてしまった。

弘人は湖のほうを見た。

「まさか、さっきの蝦蟇か……？」

蝦蟇ガエルは悠々《ゆうゆう》と自分と美咲のあいだを通過していった。あまりにも蝦蟇らしい自然な動きだったから疑いもしなかったが。あれはただ移動しているのではなかった。美咲と自分を分かつ結界を張るために、意図的に動いていたのだ。

弘人はもう一度、結界の壁に手をかざしてみた。壁は厚い。強い妖力《ようりき》をたたえた頑丈なものだ。

（崩すのに時間がかかりそうだな……）

美咲はおそらく社側にいるのだろう。どうやら自分はお呼びでないらしい。里の出入り口を見張っているという蝦蟇使いの仕業《しわざ》だろうか。

自分を締めだしたということは、やはり綺蓉はここに軟禁されている可能性が高い。美咲だけを社に招くというのも気にかかる。まさか、彼女が目的というわけでもあるまいに。

「どういうつもりなんだ」

結界のむこうにそびえている社を見据《みす》え、弘人はひとり苛立《いらだ》たしげにつぶやく。

## 3

美咲《みさき》は、会話の途中でとつぜん弘人《ひろと》がいなくなってしまったのに気づいて足を止めた。

「あれ、ヒロ……、どこ？」

月明かりを頼りにきょろきょろとあたりを眺めまわし、すぐ背後に、青白くゆらぐ壁が迫っていることに気づいて驚愕《きょうがく》した。

「結界《けっかい》が張られているじゃない！」

だれが、いつのまにこんなことを。美咲は信じられない思いでその場に立ちつくす。

直感的に強力なものだとわかったが、ひとまず崩してみようと御封《ごふ》をかざしてみる。

しかし案《あん》の定《じょう》、バチバチと閃光《せんこう》がひらめき、ひどいしびれに阻《はば》まれてうしろに飛び退《の》いた。

「強い……！」

社《やしろ》に棲《す》んでいるという見張りの蝦蟇使《がまづか》いが張った結界なのだろうか。

「だとしたら、さっきの蝦蟇ガエルのせい？」

弘人と自分のあいだを通っていったのがいた。歓迎どころか、ふたりを、結界の中と外にわけるためにわざわざあらわれたのだ。

美咲はしびれの残る手をさすりながら、青白くゆらぐ結界の障壁《しょうへき》を睨《にら》んだ。強固な壁は外側の景色をも遮断《しゃだん》し、美咲ひとりの力では崩せそうにない。むこうから、こっちは見えているだろうか。もし見えないのなら、急に姿が消えてしまったのだから驚いているのにちがいない。

（なぜ、ヒロとあたしをひきはなすのかしら……）

弘人は社には入れたくないという蝦蟇使いの意思なのだろうか。

しかし、いつまでもこんなところに突っ立っているわけにもいかない。

（ひとまず、あの社にいるかもしれない綺蓉《きよう》をたずねてみよう）

美咲はそう決心をして、胸元の御封をお守りのように押さえながら、ふたたび社にむかって歩きだした。

橋で陸と繋《つな》がっているのは社の二階の部分だ。満《み》ち潮《しお》で湖の水位があがれば、一階までは水没することになる。

（たしかに一階のほうは柱の色がちょっと褪《あ》せている感じね）

水に強い樫《かし》の木などで建てられているのだろう。美咲は橋の欄干《らんかん》から、一階部分の褪色《たいしょく》した柱や壁の色を眺めおろしながら先にすすむ。

社の内部も、天井板《てんじょういた》や柱は朱塗《しゅぬ》りだった。ところどころに蠟燭《ろうそく》の火がともっていて、なんともいえない神秘的な雰囲気《ふんいき》が漂っている。

「ごめんくださーい」

美咲は玄関とおぼしき場所から声をはりあげた。

応答はない。

勝手に中に入るのもためらわれて、ひとまず窓から中をのぞいてみようと回廊《かいろう》のほうにまわってみた。

回廊からは湖を見渡すことができる。陸からは遠く感じた朱塗りの大きな鳥居《とりい》が、すぐ目の前に迫っていた。

（いまはきっと〈十六夜《じゅうろくや》の里〉と繋がっているのよね……）

こうして肉眼で見る限りでは、そのむこうがべつの空間になっているふうには見えない。

ふたたび湖に面した回廊を歩きはじめたときのことだ。

「ここになんの用だ」

とつぜん背後から声がかかって、美咲はびくりとしてふり返る。

もちろん弘人ではなかった。どこか忍《しのび》の者を思わせる見慣れない和装束《わしょうぞく》に身を包んだ、すらりと長身の若者がそこに立っていた。

外観は二十歳《はたち》をいくつか過ぎたくらいだ。すっと切れあがった一重《ひとえ》の眼《め》が鋭い。右の肩に乗せている大ぶりの蝦蟇ガエルで、日和坊《ひよりぼう》の言っていた蝦蟇使いなのだとわかった。

「橘屋《たちばなや》よ。あなたが、この社の主《あるじ》なの?」

美咲はやや緊張気味にたずねた。蝦蟇は先ほど見かけたものと同種だ。結界を張ったのは、まちがいなくこの男だ。

「そうだ。おれは蝦蟇使いの雲劉《うんりゅう》という」

「雲劉……」

男の声は細身のわりに太くて低かった。表情は硬く、おなじようにこちらを警戒しているのがわかる。

「結界を張ったのはあなた? 連れがいるのに、その人だけ締めだされてしまったわ」

「あの鵺《ぬえ》なら断る。ここには必要のないやつだからだ」

美咲のことは必要だとでもいうような言い草だ。

「あなたがどんなに頑張って結界を張り続けても、彼ならきっとそのうち破ってここへくると

思うわ」

弘人は強い。雷神を呼んで崩しにかかられればひとたまりもないだろう。

「きさまは酉《とり》ノ分店《ぶんてん》の妖狐《ようこ》だろう？」

雲劉はたずねてくる。

「……そうだけど。舞鶴《まいづる》の谷に棲む錺《かざり》職人から、ここに鵺の女の人がいると聞いたの。あなたが囲っているのだと。ほんとうなの？」

雲劉は情報の出所を知ってもしばらく黙っていたが、

「あの女ならおまえたちには渡せん」

眉《まゆ》ひとつ動かさずに答えた。蝦蟇とおなじで表情の変化に乏《とぼ》しい男だ。どこか無骨な感じさえする。

「綺蓉のことでしょう。なぜ、こんなところに閉じこめているの。彼女にはいったいなにがあったの？」

「さる人物から依頼があって、おれがここに攫《さら》っただけだ。そいつから、きさまの首も獲《と》れと言われている」

「さる人物というのは、清姫《きよひめ》のことね？　彼女ならもうわたしがゆうべ始末したわ。だから綺蓉を解放してあげて」

「清姫が死んだことは聞いている。だが依頼人は、清姫ではない」

美咲は眉をあげた。

「清姫ではない？　じゃあ、だれだっていうのよ」

ほかにも、自分を狙《ねら》って動いている者がいるということなのか。しかし、

「きさまに答える筋合いはない」

雲劉は淡々と返す。そして、とつぜん戦闘になった。

「きさまはこれに喰《く》われろ、酉ノ分店！」

雲劉は鋭く低い声で言って、右肩に乗せていた蝦蟇ガエルの尻《しり》を押した。

指図を受けた蝦蟇は、心得たとばかりに「げこ」とひと鳴きすると、肩から床に飛びおりて、みるみるうちに肥大していった。

「なんなの！」

美咲は仰天《ぎょうてん》した。蝦蟇はひとまわり、ふたまわりとかさを増し、幅の狭い回廊いっぱいになっても、まだ大きくなろうとする。

「どうして……！」

美咲はその、現し世でなじみのあるかたちの生き物が、自分の背丈《せたけ》を越してみるみる大きくになってゆく異様なさまにおののいた。蝦蟇は壁をすり抜け、湖側では足場を失っているのに

もかかわらず、さらにどんどん膨《ふく》れあがるのだ。

（うそよね……？）

これはありえない、幻影なのだと頭のどこかでわかっているはずなのに、目に飛びこんでくる大蝦蟇のからだに圧倒され、身がすくんで動けなかった。

「気色悪《きしょくわる》い……」

いまや蝦蟇ガエルの茶褐色《ちゃかっしょく》の肌はぬらぬらとてかり、背中のイボはバレーボール大になり、縦《たて》に瞳孔《どうこう》のひらいた黄金色《こがねいろ》の眼《まなこ》は、爬虫類《はちゅうるい》のごときにぶい光を放ってぎょろりとこちらに狙いを定めている。

そして美咲につめよると、覚悟しろとばかりに「げこ」、とひと鳴きした。

幻影のはずが、からだの大きさにふさわしい野太い鳴き声だった。かすかにひらいた口からは、べろりと濡《ぬ》れた赤い舌がのぞく。

（こんな口に襲いかかられたら、ひと呑《の》みにされて終わってしまうわ！）

美咲は、自分の二倍以上もの丈に巨大化した蝦蟇を前にして戦慄《せんりつ》をおぼえた。

それを見透かしたように雲劉が蝦蟇に指示を下し、気色悪い巨体が、自分めがけて挑《いど》みかかってきた。

「来ないで！」

美咲はとっさに御封をうって蝦蟇を拒《こば》んだ。

「む」

バチバチと双方の妖気が衝突して、閃光が生じた。

御封は蝦蟇の接近を食い止めたが、生命力は強いようで始末するには至らなかった。

次いで、雲劉がその細く鋭い目で美咲のほうを見据《みす》えたまま、

「蛙鼓《わこ》地獄」

呪《のろ》いのように低くつぶやいた。

「なんなの」

そのあらたに下された命令とともに、美咲の頭の中ではカエルの大合唱がはじまった。

美咲は耳を覆《おお》った。最初に鳴いていたのは一匹かそこらだったのに、つられてほかの鳴き声が加わって大音量となり、耳の鼓膜《こまく》を病的に圧迫した。なるほどこれは地獄である。

御封にひるんだはずの蝦蟇は、体勢をととのえ、ふたたび美咲を呑みこまんとしてこっちへにじりよってくる。

（耳が痛い……）

御封をふたたび飛ばそうとするのに、その蝦蟇の鳴き声に惑《まど》わされて身動きがとれない。

蝦蟇が、ずる、ずる、と少しずつ接近してくる。半開きの巨大な口の中で、赤い舌がべつの

生き物のようにうごめいている。

と、そのとき。

「やめて！」

鋭い女の声が美咲の耳をうった。

美咲ははっと顔をあげた。

「やめてください！」

二階からおりてきた鴇色《ときいろ》の小袖《こそで》姿の女が、美咲の前に駆けよってきた。綺蓉だった。髪をおろしているので、一瞬だれだかわからなかった。

「綺蓉！」

美咲は叫んだ。と、同時に、大蝦蟇がすんなりと身を引いた。

(蝦蟇が退《ひ》いた……)

後退して雲劉のもとに戻って小さくなる蝦蟇を見て、美咲は目を丸くする。

「あんた、どうやって部屋を……」

雲劉も目を瞠《みは》る。綺蓉は、どこかに閉じこめられていたようだ。

「美咲様には手を出さないでください！」

綺蓉は美咲を背に庇《かば》いながら訴える。はじめ、大蝦蟇が引っこんだのは綺蓉におののいたからだと思ったが、そうではなかった。彼女の掌《てのひら》には、小さな蝦蟇が載《の》っていたのだ。

「子供……？」

親子なのかどうかはわからないが、大蝦蟇は、とにかくその小さな蝦蟇の子を巻き添えにすることができず、突進するのをやめたのだ。

「そこを、どけ。邪魔《じゃま》をするなと言っただろう」

雲劉は険《けわ》しい表情で、美咲を庇って立ちはだかる綺蓉を見下ろす。

綺蓉は顔だけでわずかに美咲をふり返って言った。

「お許しください、美咲様。わたくしが弱かったばかりに、悪鬼《あっき》につけこまれてしまいました」

真剣さをおびた彼女の横顔を見て、美咲はこれこそが本物なのだと実感した。

「綺蓉、無事でいてくれてよかったわ。〈御所《ごしょ》〉にいたのが偽者《にせもの》のあなただったと、もっとはやく気づくべきだったのに……、あたしのほうこそ、ごめんなさい」

美咲が詫《わ》びると、綺蓉はかぶりをふってほほえんだ。優しく伏せられた瞳《ひとみ》が、あやまる必要などないのだと言っているようだった。

するとと雲劉が口をひらいた。

「そこを、どけ。……何度も訊《き》くが、あんたはなぜ、その女を庇うのだ。その女のせいで、あんたの存在する理由はなくなるのだと、さっき自分で気づいたのではないのか」

美咲を守ろうとする綺蓉を見て、解《げ》せぬようすで問う。

「あたしのせいで？　どういうことなの、綺蓉？」

美咲は眉をひそめる。存在する理由がなくなるとは。

「綺蓉は、やっぱりヒロのことが好きなの？　清姫が、それらしいことを言ってはいたのだけど……」

決して責めるような口調にならぬよう、美咲は注意深くたずねる。

すると綺蓉は、美咲のほうをむき、目をあわせ、ゆるぎない表情で告げる。

「ご安心ください。弘人様のことは大切に思っておりますが、それは恋心ではございません。わたくし自身も清姫に踊らされるところでした。……わたくしの使命は、あの方にお仕《つか》えすること。いまのわたくしがなすべきことは、あなたがたの無事と幸せを見守ることだけです」

「綺蓉……」

弘人とおなじ、美しい翡翠《ひすいいろ》色の瞳。そこには、弘人が綺蓉に対して抱《いだ》いている感情と相通ずるものをたたえていた。

「どけ、女。邪魔をすると、おまえも酉ノ分店と一緒に殺されることになるぞ」

綺蓉の背後から、雲劉が冷ややかな声で脅《おど》しをかける。

「あなたも目をさましてください、雲劉。殺しの仕事などせずとも、あなたを必要としている存在はいるわ。たとえばこの蝦蟇の子だって、あなたのことを想《おも》って、こんな小さなからだで結界を解いてくれたのですよ」

ふり返り、蝦蟇の子をさしだしてきた綺蓉に説《と》かれて雲劉は怯《ひる》む。これまでここに妖怪を監禁したこともあったが、実際に結界を解いた者はひとりもいなかった。

「あんたはどうやってそいつを手懐《てなず》けたんだ。獣《けもの》の女に懐くということが、おれには信じられない。暗示かなにか、特殊な力をもっているのか」

雲劉はそれが不思議でならない。

「いいえ、なにも。ただわたくしの心を伝えただけです」

綺蓉は胸元に手をそえ、雲劉をまっすぐ見て告げる。

「心を……？」

「美咲様を助け、あなたのことも救いたいという気持ちです」

綺蓉は毅然《きぜん》と続けた。

たおやかななかにも、凛《りん》とした強さを感じる。こちらを安心させる類《たぐい》のもの。

美咲は、弘人がこの女《ひと》をそばに置き、美咲とおなじように大切に扱ってきた理由がいまわかった気がした。それだけの価値のある女なのだ。兄や白菊《しらぎく》を失って悲しみの淵《ふち》にいた弘人のことも、きっと綺蓉が支えた。ただ美しいだけの置物ではなく、相手を信じて支える心をもったたくましい女だった。

「ありがとう。……綺蓉はいつもあたしの味方をしてくれたわ。あたし、うれしかったのよ」

高子《たかこ》に辛辣《しんらつ》なことを言われたときも、花茶《はなちゃ》の練習につきあってくれたときも、綺蓉はいつもやさしかった。おかげで変に勘繰《かんぐ》ったり不安にさせられるようなこともなかった。

綺蓉が美咲のほうにむきなおった。

美咲は綺蓉の目を見つめた。

この女《ひと》は、いまもあたしのことを助けてくれた。だから、

「ありがとう……」

美咲は、もう一度、心から礼を言った。

綺蓉もそっと頷《うなず》き、ほほえんだ。

「美咲様……、わたくしはもうそろそろ〈御所〉を――」

そうしてなにか伝えかけた彼女だったが、とつぜん言葉を切った。どん、となにかに押されたような衝撃が、彼女のからだを通して、美咲にまで伝わった。

「ハイ。友情ごっこはそこまでね」

とつぜん乾いた声がふってきて、美咲ははっと顔をあげた。

いつのまにあらわれたのか。そこには思いもよらぬ人物が立っていた。紫紺《しこん》の瞳、尻尾《しっぽ》のような銀灰色《ぎんかいしょく》の髪をなびかせ、膝丈《ひざたけ》の粋《いき》な柄行《がらゆき》の着物一枚で、あいかわらず性別がどっちつかずの不思議な存在感をまとっている、その若者は――。

「茨木童子《いばらきどうじ》……。なぜ、あなたがここに」

美咲がつぶやいたとたん、綺蓉の口からどっと大量の血が溢《あふ》れた。

「綺蓉っ！」

美咲はぎょっとして叫んだ。

綺蓉は刺されたのだ。さきほどの衝撃はそれだ。

見ると、茨木童子の手は寸鉄《すんてつ》を握りこんでいた。そしてそれが、無残にも彼女の背中に命中しているのだ。

綺蓉は口から流れる血もそのままに、目を剝《む》いたまま静止している。

「なんのつもりなの！」

美咲は一歩よろめいた綺蓉のからだを支え、青ざめながら問うた。

「邪魔する奴《やつ》を始末させてもらっただけのことさ」

茨木童子は寸鉄を手前に引きもどし、軽く答える。

「う……」

綺蓉は呻《うめ》き、力を失ってその場に倒れこんだ。

美咲も綺蓉とともに座りこみ、その肩を抱いた。

綺蓉はみるみるうちに血の気を失い、肩で息をしだした。唇《くちびる》から洩《も》れた鮮血が、美咲の袂《たもと》に点々と染《し》みをつくる。

「綺蓉っ」

「いつの間に戻ったのだ、茨木童子」

茨木童子の登場に驚いたらしい雲劉も問う。ふたりは面識があるようだ。たしかに、社のまわりには堅牢《けんろう》な結界が張ってあるので、出入りは不可能なはずなのだが。

茨木童子は、寸鉄からしたたる綺蓉の血をぺろりと舐《な》めながら言った。

「あんたに委《ゆだ》ねた仕事の進退が気になって、ちょっと応援に来てみたんだよ、雲劉。……さっきからずっと一階に潜《ひそ》んでいて美咲がくるのをまってた」

「あんたに委ねた仕事？」

美咲はひやりと胸が冷えるのを感じながら聞きとがめる。

「茨木童子……。まさかあなたが、清姫をそそのかし、雲劉に残酷な依頼をした相手なの？」

美咲は険《けわ》しい面持《おもも》ちで問う。弘人とは親しげだったし、清姫との戦闘でも助けてくれたから、てっきり自分の仲間だと思っていたのに――。

「言いなさいよ、茨木童子！」

美咲に問われ、黙っていた茨木童子がふっと口の端をあげる。

「気づかなかった？　おまえって鈍《にぶ》いやつだな」

男とも女ともつかぬ美貌《びぼう》に俗悪な笑みが浮かぶ。

「じゃあ、清姫に止《とど》めを刺したのは……」

「ただの口封じさ。よけいなこと喋《しゃべ》られて、おれがまた高野山《こうやさん》行きになっちまったら困るだろ？」

茨城童子は悪びれたようすもなく、しゃあしゃあと言う。

「口封じ……」

そのために、清姫を裏切り、彼女を始末したのか。言われてみれば、あのときたしかに清姫はひどく恨《うら》みがましい顔で茨木童子を見ていた。

「おれ、いま久々の娑婆《しゃば》でさあ、もうしばらくはこっちで楽しみたいから、自分の手を汚すのは嫌だったんだよね。それでおまえを始末するのも、出所する日がおなじだったこの殺し屋に依頼しちゃおうってなったわけ」

茨木童子は雲劉を目で示して言う。

「……しっかし、まだ飼っていたのか、こんな女。べつに蝦蟇の餌《えさ》にしてさっさと始末しちゃってもよかったんだけどな、雲劉？」

美咲に支えられて、なんとか息をしている綺蓉に目をうつして続ける。

雲劉はいくらか厳しい面持ちになって彼女を見ている。

「美咲…さ……ま……」

綺蓉が顔をあげ、息苦しそうに声を絞《しぼ》りだす。

「どうか……おゆるし…くださいませ……このような事態……になった…こと……」

「綺蓉、喋っちゃだめ。あたしは怒っていないわ。あなたがあやまることなんて、なんにもないのよ」

美咲は、綺蓉のからだから溢れる血を止めなければと焦《あせ》る。彼女の背中は、どんどん朱《あけ》に染まってゆく。

綺蓉はゆるゆるとかぶりをふり、うつろな目で美咲を見つめる。いま彼女を支配しているのは、弘人に対する自責の念だろう。

「綺蓉……！」

美咲はうろたえながら叫んだ。いけない。もう死を覚悟したような顔になっている。

「綺蓉、死んじゃだめよ。あなたはあたしのお手本よ。あたしは、あなたみたいにヒロのことを支えていきたいわ。知らないこともまだたくさんあるし、困ったときには相談に乗ってくれなくちゃいけないわ。だからこんなところで死んではだめよ！」

美咲は綺蓉の意識を繋げるために必死で訴えかけるが、綺蓉は返事ができぬまま、ぐったりと美咲のほうに倒れてきた。

生気を失った青白い顔。けれど、かすかにほほえんでいるようだった。いつも自分に見せてくれていた、あのおだやかでやさしい笑顔だった。

「綺蓉……、死んではいやよ、綺蓉……！」

美咲は目の前の事態が信じられぬまま、抱きしめた綺蓉の肩をゆらす。

「へっ、しけた会話してんなよ、てめえら」

茨木童子が寸鉄を懐《ふところ》に収めながらせせら笑う。

美咲の中に強い怒りが生じた。この悪鬼が元凶だったのだ。清姫をそそのかし、綺蓉を攫《さら》うよう仕向けた。高札場《こうさつば》の件で自分が狙《ねら》われるのは仕方ないとしても、綺蓉まで巻きこむことはなかったのに。

「おれが憎いか？」

朱《しゅ》に縁《ふち》どられた紫紺の瞳が、怒りをこめて見上げる美咲を悠然《ゆうぜん》と睨《にら》み返す。

「おれさあ、高野山で弘人が酉ノ分店の半妖怪の女と一緒になった噂《うわさ》を聞いてビビったよ。あいつはせっかく目をつけてたお気に入りで、娑婆《しゃば》に出たらゆっくりと甘えてやろうと思ってたのに、てめえのせいで、妙につれない野郎になっててさ。つまんねえな。もうこれは、相手の女の首もらっちゃうしかないなって思ったんだよ。高札場に名のあがった価値ある首なんだしね、美咲ちゃんは」

茨木童子は言いながら、美咲のほうにつめよってきた。

殺気を感じた美咲は、綺蓉をゆっくりと床に横たえてから、御封を手にして後退した。

「ヒロは、あたしがいなくても、あなたのことなんて相手にしないわ！」

はなから、そんな対象として見てはいないはずなのだ。

「わかってるよ。だからよけい腹立つんじゃないか。いま可愛《かわい》がられてるてめえの存在がよっ」

茨木童子は憎々しげに言い放つと、瞬時に間合いをつめ、背に携《たずさ》えていた腰切棒《こしきりぼう》で美咲の腹部を打ちつけた。

「……っ」

素早い動きだった。打撃によって呼吸がしづらくなり、美咲はくの字になってよろめいた。

「清姫も……嫉妬《しっと》ならあなたのを使えばよかったのに！」

美咲は体勢をなおしてから、茨木童子を睨み、吐き捨てるように言う。

すると茨木童子は腰切棒の先端をとんと床につき、

「残念ながら、てめえを狙う目的は、弘人だけじゃあないからな？」

むしろそんなことは二の次なのだという顔をして言う。

「あなたも、高野山の頂点を狙っているというの」

いま美咲の首を持てば、それがかなう。

「まあそれもおもしろいけど、てめえの首はもっといい使い道がある。その首をある妖怪に捧《ささ》げると、清姫やおれみたいなやつらの夢がかなうことになってるんだよ」

「ある妖怪って……それはだれなのよ。崇徳上皇《すとくじょうこう》？」

「あいつはてめえらのおかげで隠居の身になっただろうが」

美咲は眉をひそめる。崇徳上皇でないとなると、高野山の次なる覇者《はしゃ》となる妖怪だろうか。

茨木童子はくすりと笑った。

「せっかくだから答えておいてやるよ。こっちも隠居の妖怪だけどな、八つの頭と尾をもつ大《だい》蛇《じゃ》様――八岐大蛇《やまたのおろち》だ」

「オロチ……」

美咲はぞわりと肌が粟立《あわだ》つのを感じた。この地にかつて生息していたという巨大な蛇《へび》の妖怪だ。

「オロチにあたしを捧げてかなえたいあなたの夢とはなんなの、茨木童子」

自《みずか》らが高野山の頂点に立ちたいわけでもないらしい。では、いったいなにを夢見ているというのか。清姫やおれみたいなやつらというのは、高野山の常連のことをいうのだとして――。

しかしそこから先は教えるつもりがないらしく、

「橘屋《たちばなや》には、秘密だよっ」

ひらりと跳躍すると、美咲の頭を叩《たた》き割らんとして腰切棒をふりかぶった。

美咲はすんでのところで御封で障壁《しょうへき》をつくり、彼の攻撃を阻止《そし》した。

妖気が衝突してバチバチと黄金色の焔《ほむら》がたった。

力はかなり強い。清姫の蛇尾《だび》を寸切《ずんぎ》りにしたときの光景が脳裏に瞬《またた》く。

間髪《かんはつ》をいれず、茨木童子は足元のほうにあらたな一撃をくらわす。

そのさらなる切り返しには力及ばず、美咲は呻《うめ》き声をあげてその場に崩れた。

御封が紙くずとなって雪のように散った。

(なんて素早いの……)

しかも思いがけぬ動きをするから次の攻撃が見切れない。つかみきれない茨木童子の人格そのものだ。

「……しかし、つかえないなあ、雲劉。せっかく蝦蟇に丸呑みさせて証拠をいっさい残さないおまえの殺しの腕前を見込んで頼んだ仕事だったのになぁ、結局、おれがこうして手を汚すはめになったじゃないか」

茨木童子はそう言って、腰切棒で気だるげにトントンと自分の右肩をたたきながら雲劉のほうを見やる。

雲劉は彼の言葉を聞き流し、微動だにしない綺蓉のほうを険《けわ》しい面持ちで見ている。

茨木童子はふん、と鼻を鳴らし、

「ちゃんと期待に応《こた》えてくれなきゃ、いやだよ」

身をちぢめて痛みをやり過ごしている美咲にむきなおると、容赦《ようしゃ》ない力で、その背を蹴《け》りつけた。

「アハハッ、あー愉快《ゆかい》愉快。こんな姿、怖くて弘人に見せられねえよ」

茨木童子は腰切棒の先で、蹲《うずくま》っている美咲の顎《あご》をすくい、嘲笑《あざわら》う。

そばには綺蓉が倒れている。もう意識がないようだ。

紫紺の瞳に見下され、美咲の中には激しい怒りがこみあげていた。綺蓉という身近に知る者を傷つけられて、はじめて生まれる憎しみの感情だった。

美咲は全身に響く痛みを頭から締めだした。

それから腰切棒の先端をぐっとつかんだ。

茨木童子がはっと目を瞠《みは》った。美咲の爪《つめ》に破魔《はま》の力が満ちていることに彼は気づけなかった。

「この悪鬼が！」

美咲は、つかんだ腰切棒を手前に引き、隙《すき》をつかれて平衡を崩した茨木童子の胸ぐらに飛びかかって爪をたてた。

引き裂くのと同時に、凝縮《ぎょうしゅく》された強い妖気が一気に放たれて、あたりの空気をびりびりと震わせた。

「げえっ」

胸元を爪で裂かれた茨木童子が、思わぬ反撃に目を剝《む》いた。

美咲は怯《ひる》んだ茨木童子のからだを、思いきり足で蹴りとばした。やられたらやり返せと、修行のときに弘人にいつも言われていた。

社の壁面にぶつかった彼はそのまま床に崩れた。だが、まだ息があった。

殺気をおびた目は、じきに逆襲をするつもりでいることを告げていた。

「観念しなさい！」

美咲はそのからだに馬乗りになって、首に手をかけ、感情にまかせて力いっぱい絞めあげた。

たぎる思いが身の内にわき起こり、怒りの奔流《ほんりゅう》となってその首を絞める手元に流れこんだ。

「やめ……ろ……」

茨木童子は破魔の力と呼吸困難の二重の苦しみに呻く。

「この…女《アマ》……！」

茨木童子が眦《まなじり》をつりあげた怒り心頭《しんとう》の形相《ぎょうそう》で美咲を睨みあげる。

がっと手首をつかまれ、残った妖気をこめて力いっぱい締めつけられる。

しびれるような痛みを伴《ともな》って双方の妖力《ようりき》が衝突するが、美咲も引かなかった。

殺《や》るか、殺られるかの瀬戸際《せとぎわ》にいるのだと美咲は思った。このままこの鬼を始末せねば、自分が死ぬことになる――。

からだが燃えるように熱かった。あの〈御所《ごしょ》〉を燃やしたような激しい炎が、自分をとりまいて燃え盛っているようだった。

「う……ぁ……」

茨木童子が苦悶《くもん》に顔をゆがめる。破魔の爪で、すでに十分に打撃を与えられたはずだった。けれどためらいは生まれなかった。綺蓉を無慈悲《むじひ》にも刺したこの悪鬼をなんとしてでも始末せねばならないという、ほとんど憎しみに近い感情が渦巻《うずま》いていて、手にいっそうの力が入った。

「なぜ、綺蓉を刺したのよ！」

清姫に醜《みにく》い感情を呼び起こされ、それに苛《さいな》まれて、綺蓉はずっと苦しかったはずなのだ。それでも自分を庇《かば》ってくれたのに――。

ふと、茨木童子が動かなくなって、美咲は手にこめる力をゆるめた。

（え？）

抗《あらが》って美咲の手首に巻きついていた彼の手も、いつのまにかだらりと力を失ってはなれていた。

(死んだ――の……?)

怒りがスッと冷えて、殺生《せっしょう》の恐怖にとって代わる。

茨木童子は目を閉ざしたまま動かない。

死んだのだろうか。

美咲は意味もなく雲劉のほうを見た。自分がしたことがなんであるのかを、たしかめたかったのかもしれない。

雲劉は無表情のまま茨木童子を見下ろしていた。

やはり死んだのだ。

美咲は茨木童子のほうに視線を戻した。

死んでしまった。

ひとつの生命の糸を、たったいま自分が絶ち切ってしまった。

けれど、これは正義のための制裁だ。父も、ハツも、分店の店主はみんなやり遂《と》げてきたことだ。

(みんなが、やってきたこと……)

それでも虫一匹を殺すのにも勇気のいる現し世暮らしの自分の感覚が、こんなときに急によみがえってきて、茨木童子の首を絞める手からは徐々に力が抜けていった。

これだけ弱っているのだから、もし生きていたとしても、しばらく意識が戻るようなこともない――。

そう自分の中で結論を出して、力を抜いた手をはなしかけた。

ところが、

「終わりか？」

紫紺の瞳が見開かれた。

ふたたび、ガッと彼の手が伸びて、美咲の腕をつかんだ。

美咲は蒼白《そうはく》になった。

（甘かった……）

一瞬のうちに、形勢が逆転した。

隙《すき》を突かれた美咲のからだは、いとも簡単に茨木童子に突き飛ばされた。

どこにそんな力が残っていたのだろう。

美咲は壁にぶち当たって背中に強い衝撃を受け、臓腑《ぞうふ》がどうにかなりそうだった。

（まずいわ）

気合で締めだしていた痛みが一気に戻ってきて、立ちあがることすらできなくなった。

先に立った茨城童子は、血の気《け》の失せた美咲のもとに歩みより、彼女の髪を引っつかんだ。

髪の毛だけで頭を持ちあげられるかたちとなり、頭皮がはがれそうな痛みに襲われた。

苦悶に顔をゆがめる美咲を見下ろし、冷ややかに問う。

「おまえ、忘れていないか？　ここが隠《かく》り世《よ》だってこと」

「忘れて……なん…か……」

忘れるもんか。

現し世でふつうに女子高生をやっていたら、こんな目にはあわない。

橘屋のひとりとして生きてゆくという意地がなければ——。

「アハハ。これなーんだ？」

茨木童子は太腿《ふともも》の部分から取りだしたものを、嬉々《きき》として美咲に示す。御所の書庫で会ったときに気づいたが、やはりからだに様々な暗器《あんき》を仕こんでいるようだ。

刃渡り四寸ほどの刀子《とうす》だった。紅蓮《ぐれん》の月明かりを浴びて、刃先がほの赤く不気味なてかりを放っている。

「こいつ、よく切れるよ。切れ味、たしかめてやろうか？」

茨木童子はそう言って、つかんでいた美咲の髪に刃先をあてる。

髪を切るつもりだ。

美咲は髪をつかむ彼の手をふり払おうと、必死でもがいた。

けれどもはや美咲の抵抗は、弱々しすぎて意味をもたなかった。

「じっとしてろよ。きれいな髪の毛、切ってやるぜ。そら」

茨城童子が容赦なく刃先をすべらせた。

ざざっと嫌な音が頭皮越しに耳に響いて、つかんでいた髪のほとんどが切れた。

「い……っ」

美咲は顔をしかめた。残ったわずかな分だけに頭皮が引っぱられるかたちになり、痛みが局所的になっていや増した。

「おー、いい切れ味だ。こんな日が来るんじゃないかと思って、堺《さかい》の職人に研がせてあったんだよねっ」

茨木童子は悦《えつ》に入《い》ったように笑いながら、残りの髪にも刃先をあてた。

武器マニアなのだろうか。常軌《じょうき》を逸《いっ》している。けれど鬼の本性なんて、こんなものだ。

「もう一回いっちゃうよ」

言うなり、ザン、と音が響いた。

茨木童子は、ふたたび刃物を横にふるって、草でも刈《か》るような調子で美咲の髪を断ち切ってしまった。

茨木童子の手からはなれた美咲は、そのまま床に突っ伏した。短くなった髪が、頬や首筋にさら、とこぼれる。

「あーあ、橘屋がざまあないな」

茨木童子は同情するような目をしながら、切りとった髪をぱっと美咲のほうへ散らした。

宙に舞った髪は、はらはらと静かに美咲に降りそそいだ。

髪……鬼に、切られた……。

髪など切られたところで痛くもかゆくもない。けれど、言葉に尽くせぬ喪失感《そうしつかん》が美咲を襲っていた。ざんばら髪になって茨木童子から解放されるかたちとなっても、もはや立ちあがる気力は残っていなかった。

「さてと、そろそろ死んでもらおっかな」

茨木童子は美咲の胸ぐらをつかむと、そのまま美咲のからだを引《ひ》き摺《ず》りあげて欄干に押しつけた。

美咲は欄干を背にしてぐったりとのけぞったまま、うつろな目で茨木童子を見返す。

不揃《ふぞろ》いな髪が、夜の風になびく。死がすぐそこに迫っているのがわかって、胸がしんと冷える。

「命乞《いのちご》い、するならいまだぜ」

茨木童子は意地の悪い笑みを貼りつけ、じっと美咲の顔をのぞきこむ。

弱っているのと絶望感で、声を出すことはできなかった。ただ、荒い息をくり返すだけだ。

「――どうせ聞いてやらないけどねっ、アハハ」

茨木童子はそう言って、美咲を狙った刀子を高く構え、

「死ね！」

容赦なく彼女の胸にふりおろした。

ざくりと音をたてて、刃先が美咲の胸に埋まった。

美咲の唇《くちびる》から、かすれた呻き声が洩れた。

見開かれた彼女の瞳の中に、紫紺の目をした鬼が映る。むこうもかなり疲弊《ひへい》している。けれど瞳だけは、殺意と興奮に彩《いろど》られてぎらぎらとしていた。それは血も涙もない、まぎれもない鬼の顔だった。

「前科五十犯の茨城童子様を舐《な》めんなよ？」

鬼がにやりと口の端《は》をゆがめる。

それから、美咲のからだを、無残にも回廊から突き落とした。

「あばよ、半妖怪！　首はあとで拾ってやるよ」

茨木童子が嫌味たらしく陽気に告げるのが聞こえた。

美咲はそのまま、干上がった湖にまっさかさまに落下した。

本能的に体勢を立てなおそうと身動きしたが、成功したのかどうかはわからなかった。ゆるい砂のぬかるみに、全身が叩きつけれた。

ぐちゃりと頬が砂地に埋まり、ひきちぎられるような激痛がからだじゅうを襲った。

茨木童子の刺した刀子は、懐にしまってあった御封の束を貫通《かんつう》していた。

刃先は襦袢《じゅばん》を突き破り、胸に届いていた。

御封がなければおそらく即死であった。だが、さして状況は変わらなかった。

痛みのあまり、目を開けることはできなかった。声も出なかった。短い息をくりかえし、こんなところで死んではならぬと自分に言い聞かせるのが精いっぱいだった。

死に際《ぎわ》には愛する男の顔でも思いうかべるのかと思っていたが、そうではなかった。そんな余裕はなかった。ただ息をして、自分の意識が繋がっている感覚にすがるだけだった。

まだ、死にたくない。

死んでたまるか。

あたしはこんなところでは死なない。

かならず目を覚ましてやると歯を食いしばったつもりだが、胸元から流れる血が、残された時間をみるみるうちに奪っていった。

頭の中が真っ白になり、痛みも苦しみも一瞬遠のいた。

それから砂のぬかるみに沈んでゆくような錯覚とともに、美咲は完全に意識を失った。

## 4

「いまいましい妖狐《ようこ》め！」

落下した美咲《みさき》が動かなくなったのを見届けた茨木《いばらき》童子《どうじ》は、肩で息をしながらひとり毒づく。

そして自《みずか》らも、立っている力を失ってその場に崩れた。

「あーやられたな……」

美咲の破魔《はま》の力によって、気脈を完全に崩されていた。しばらくは戦闘不能の状態だとわかった。

半妖怪の小娘が、かくも厄介《やっかい》な力を備えていたものだ。

高野山《こうやさん》の高札場《こうさつば》に名をあげるほどの器《うつわ》に見えず内心嗤《わら》っていたのだが、意外にも手強《てごわ》い女だった。過去に喰《く》ってきた野狐《やこ》どもとはちがう。破魔の力を授かっているというだけでなく、半妖怪のせいか、なにか特殊な神気《しんき》に満ちた妖力《ようりき》をもっていた。弘人《ひろと》もそのへんを見抜いて、自分の子を産ませる相手に選んだのだろう。

深手を負ったが、強い者を痛めつけて嬲《なぶ》るのは気分がよかった。

ふと、雲劉《うんりゅう》が、刺されて倒れたままの綺蓉《きよう》のもとにむかう姿が目に入った。

綺蓉は失血して意識を失い、すでに人の姿を失っている。雲劉が、その鵺《ぬえ》のからだを支えて抱きあげようとしているのだ。

「なんだよ……雲劉、……そんな女……ほっとけば……いいのに……」

表情のない冷淡な殺し屋が獣《けもの》の女に情けをかけている姿が滑稽《こっけい》で、茨木童子は嘲笑《あざわら》った。

「はっ……一緒に棲《す》んでるうちに、情が……うつっちゃったのかよ？」

茨木童子の笑いはしかし、それ以降は声にはならなかった。彼もまた、美咲を相手に致命傷《ちめいしょう》を負って瀕死《ひんし》の状態だった。

「酉《とり》ノ分店《ぶんてん》の娘は死んだ。これでおまえとおれの契約《けいやく》も片がついた。殺したのはおまえだから、金はいらん」

雲劉は茨木童子を見下ろして淡々と言った。

「その鵺の女も……、始末しておけ……。じきに弘人が、ここへくる。そうしたら、妖狐の娘とその鵺が私怨《しえん》の果たし合いをしたのだと……口裏をあわせろ」

自分は仲裁《ちゅうさい》に入ったが、手のつけられぬ状況だったと言えばいい。からだを張って止めようとしたのだがこの有り様《あさま》になったのだと。

ところが雲劉は、

「断る。この女に罪はない」

蝦蟇《がま》を肩に乗せたまま、無表情で答えた。

茨木童子は期待外れの意外な反応に柳眉《りゅうび》をひそめた。

「金なら払う……倍額」

「いらん。おまえとはもう手を切る」

雲劉はすげなく拒《こば》み、綺蓉を抱きあげる。

「どうした、雲劉——……」

金さえつめば簡単に動くはずの男だったのに、どうしてしまったのか。ほんとうに、鵺の女に懸想《けそう》でもしたのだろうか。

茨木童子がけげんに思って、なんとか半身を起こそうとしかけたときのことだった。

ぴしりと結界に亀裂《きれつ》が入り、薄青く視界を遮《さえぎ》っていた障壁《しょうへき》が、硝子《ガラス》が壊れるかのように下のほうから崩れはじめた。

「鵺が結界《けっかい》を破った」

雲劉が表情をこわばらせ、低くつぶやく。

「弘人か……」

茨木童子がちっと舌打ちをした。雲劉が協力してくれないとなると面倒なことになる。

結界を破った弘人は、あっという間に茨木童子たちのいる回廊《かいろう》にあらわれた。

「綺蓉！」

見知らぬ男の腕に抱きあげられている彼女に驚いて、弘人は叫んだ。人型ではなくなっている。ぐったりと男の肩にうつ伏せてよりかかったその背中の毛には、鮮血が滲《にじ》んでいる。

「茨木童子も、おまえ、どうしてここに……」

こちらも横たわってひどく消耗《しょうもう》しているようなので、弘人は目をみひらいた。

「ゆうべの話を聞いて、おれもここに駆けつけた……女官《にょかん》を助け出してみようと……」

茨木童子は声を出すのもやっとのようだ。

「美咲はどこだ。ここへ来たはずだろう」

肝心《かんじん》の美咲の姿がどこにもみあたらない。

しかし茨木童子は、疲弊《ひへい》しているせいかなにも答えなかった。

「いったいなにがあったんだ。おまえの仕業《しわざ》か」

弘人は雲劉のほうに目をうつした。

「おまえがここで見張りをしているという蝦蟇使いだな。結界もおまえが張ったものだろう。なぜ綺蓉をこんなところに閉じこめたんだ。清姫《きよひめ》とグルだったのか」

「…………」

弘人に問われた雲劉は、じっと彼を見つめながら考えた。

これが本店の子息だという鵺だ。綺蓉は、憎いはずの妖狐の娘さえも、この男のために身を擲《なげう》って助けた。いや、さきほどの会話からすると、娘に対する憎しみなどないのか——。

雲劉は綺蓉に目を戻した。自分たちはおなじなのだとこの女は言った。そうして自分の立ち位置を見極めてゆく姿はまぶしかった。さきほどのように、無謀《むぼう》ではあったが、使命をまっとうしようとする姿も美しかった。おまけにこの自分のことも救いたいのだと言う。

雲劉は、蝦蟇が懐《なつ》いているこの女のことを、もっとじっくり考えたいと思った。もう一度人型になった姿を眺めながら——そんな興味を惹《ひ》かれて、彼は綺蓉を連れ去ることを心に決めた。

「なんとか答えろ、蝦蟇使い」

弘人が言うのを無視して、雲劉は大蝦蟇に水呼びの妖術をかけた。

「なんだ？」

妖気の流れを感じた弘人が身構える。

雲劉の肩にいた大蝦蟇が、げこげこと低く鳴きはじめた。するとそばにいた小ぶりの蝦蟇も、それに呼応《こおう》するように鳴きだした。

夜気がぐっと密度を増して膨張した。

弘人は異変に気づくが、なにが起きようとしているのか察しがつかなかった。とりあえず御《ご》封《ふ》で蝦蟇使いの妖気を封じこめてやろうと袂《たもと》に手を伸ばしかけたとき。

ごごご……と地鳴りがひびいてきた。

(地震……？)

弘人が、足元からわずかに這《は》いのぼってくる揺れをけげんに思って湖のほうに目をうつすと、突如《とつじょ》、鳥居《とりい》から白い飛沫《しぶき》があがって水が溢《あふ》れ出てきた。

「水か……！」

大量の水は、てっぽう水のごとき勢いで湖底に流れ出し、砂を巻きこんだ濁流《だくりゅう》となって鳥居のまわりに渦《うず》を巻きはじめる。

水は社《やしろ》の下に倒れていた美咲のところまでじきに到達した。湖に水が満ちるというのではなく、水が意思をもって社を襲っているような感じだ。

社の下に倒れていた美咲のからだはあっというまに水に呑《の》まれたが、たったいま結界を破って社にやってきた弘人は知る由《よし》もなかった。

美咲を呑みこんだ濁流はさらにかさを増し、社の一階を浸《ひた》し、どんどんと水位をあげて迫ってくる。

「水攻めにするつもりか！」

弘人は蝦蟇使いにむきなおる。

雲劉は、蝦蟇を操って、さらに社にも水を引きこんだ。何本もの水柱が大蛇《だいじゃ》のように曲がりくねって、回廊にどうどうとなだれこんでくる。

「綺蓉をはなせ！」

弘人は蝦蟇使いのもとに行こうとするが、水柱に阻《はば》まれてかなわない。回廊に引きあげられた水は壁にぶち当たって散り、ふたたび湖へと流れ落ちてゆく。

「おい！」

弘人はとっさに、床に伏している茨木童子のからだを水にさらわれぬよう抱《かか》えた。

雲劉は、意識を失ったままの綺蓉を蝦蟇とは反対の肩に担《かつ》ぎなおした。

「この女はおれがつれていく」

そう言って、回廊のつきあたりをまわって消えてしまう。

「まて！」

多量の飛沫に目をそばめ、生き物のようにうねり昇ってくる水柱の隙間《すきま》をぬって蝦蟇使いのもとへとむかったが、そこにはすでに彼らの姿はなかった。

「消えやがった……」

水に乗ってどこかへ移動したのだろうか。そういえば、蝦蟇も一匹も見当たらない。

着物が水を吸って重くなり、べったりと肌に張りついていた。

弘人は欄干《らんかん》から下を見下ろした。

水はあいかわらず社のまわりだけで渦《うず》を巻き、一階をすっかりと浸水させるほどに増していた。このままでは二階にも水がくるのではないか。

「美咲のやつも、いったいどこに行ったんだ……」

弘人はつぶやきながら、茨木童子を抱えたまま、ひとまず上の階へとつづいている階段を見つけてのぼった。

三階には畳《たたみ》の間《ま》が六間《ろくま》ほどあったが、どこも無人で閑散《かんさん》としていた。

ひとまず一番ちかくの畳の間に茨木童子のからだを横たえ、ほかの部屋に美咲がいないかどうかをたしかめに出た。

「美咲ーっ」

いるとしたらこの階としか思えず、弘人は名を呼びながら一部屋ずつのぞいて彼女の姿をさがした。

しかし、どこにもいない。

（いったいどこへ行ったんだよ、あいつは……）

結界で道を絶たれたとき、美咲のほうはたしかに社の側にいた。この建物の中に入っていったとしか思えないのに。

弘人は茨木童子を寝かせた部屋に戻ってきた。

なんの調度も置かれていないがらんとした和室に、ほとんど手のつけられていない膳《ぜん》が一膳、そして床《とこ》の間《ま》には硝子細工のようなものが飾られていた。

近寄って見てみると、硝子の器《うつわ》のなかには、錺《かざり》職人のところで美咲が遊んでいた〈十六夜《じゅうろくや》の里〉で採《と》れるという美しい輝石《きせき》がいくつか入っていた。

# 終章

弘人《ひろと》は三階の回廊《かいろう》に立って、腕組みしたまま干上《ひあ》がった湖を見下ろしていた。

水ははけた。

一時は二階まで浸《ひた》るのではないかと思っていたほどの大量の水が、蝦蟇使《がまづか》いが去ってからわずか数分のうちに、湖にひろがってなくなったのだ。

「弘人……」

かすれた声で名をよばれ、弘人はふり返った。

畳《たたみ》に寝かせてあった茨木童子《いばらきどうじ》が、回廊に出てきていた。朱色《しゅいろ》の柱に片手をついて、あいかわらず苦しげに浅い呼吸をくりかえしている。

「大丈夫か。傷を見せてみろ」

弘人はそばに寄り、かがんで声をかけた。どうやら胸元に傷を負っているらしいが、そのあたりは頑《かたく》なに手で覆《おお》っているので見ることができない。

「いやだ。……恥ずかしいだろ」

茨木童子は不機嫌《ふきげん》そうな顔でそっぽをむく。

「いまさらなに恥じらってんの、おまえ」

弘人は鼻白んだ。けれどそういえば、きわどい型の着物を身に着けてはいるものの、裸体は見せたがらない。そこはだらしないように見えて実際はそうでもない性質に通ずるものがある。

「いったいなにがあったんだ。その傷は蝦蟇使いにやられたんだろう?」

そろそろ話ができるようになったらしいので弘人が問うと、

「ああ。……あの女官《にょかん》を連れ戻そうとしたら、戦闘になった」

茨木童子は消耗《しょうもう》が激しいようで、ふたたびよろめきかけた。

「大丈夫か。無理をするな」

弘人は茨木童子の肩を支える。男というのにはやや華奢《きゃしゃ》な肩である。

「ああ、めまいがする……、助けてよ、弘人。このままじゃ死んじまうよ。おまえの精気をわけて助けてくれよ」

茨木童子はそう言って、弘人の首に腕をまわしてすがりついてくる。

言葉はいつもの調子だが、表情には余裕がない。いつもは爛々《らんらん》と輝いている紫紺《しこん》の瞳《ひとみ》も、艶《つや》を失ってよどんでいる。かなりせっぱつまった状態なのだとわかる。

（こいつにここまでの深手を負わすとは……）

蝦蟇使いはかなりの手練《てだ》れということになる。

「綺蓉はなぜ負傷していたんだ？」

弘人は茨木童子を抱いたままたずねる。

「蝦蟇使いがやったんだよ。あの女官は、美咲をかばって蝦蟇使いに刺された……」

弘人は目をみはった。

「おまえは美咲を見たのか。あいつはたしかにここにいたんだな？」

「ああ、いたよ。……すまないな、弘人。……おまえの嫁、助けてやれなかった。……蝦蟇使いの野郎、強かったんだ……」

茨木童子は甘えるようにぐったりと弘人の胸に身をあずけ、ひどく申し訳なさそうに目を伏せて詫びた。

「美咲は蝦蟇使いに胸をひと突きされて……しまいに欄干から突き落とされてしまったよ」

「なんだって？」

弘人は耳を疑った。胸を刺されて突き落とされただと？

下は湖だ。

弘人は茨木童子の身を壁のほうにもたせかけてから、もういないのだとわかっていながらも、欄干から身を乗りだして干上がった湖底に美咲をさがした。

いるわけがない。ずっと水嵩《みずかさ》の減るのをここから眺めていたが、人の姿などなかった。

ここに倒れていたのなら、蝦蟇使いが水を回したときに呑《の》まれてしまっただろう。

「美咲……」

水に呑まれた彼女は、どこへ流されたのだろう。水が流れる場所――この湖には、それがない。大量の水は、いやにはやく引いていったが……。

弘人ははっと顔をあげて、前方にそびえている鳥居《とりい》に目をうつした。

「〈十六夜《じゆうろくや》の里〉か。ここにあった水は、あそこにも流れたんだな！」

もともと、蝦蟇が呼んだ水も鳥居から溢《あふ》れ出てきていた。

「〈十六夜の里〉……？」

弘人が言うのを聞いた茨木童子は、首をもたげておなじように鳥居を見やる。

弘人は確信しながら続けた。

「いまは干潮《かんちょう》で鳥居が里と繫《つな》がっている。だから美咲もそこに流されたんだ」

こうしてはいられない。すぐに追わねば、里へは今夜しか行くことができない。

「茨木童子、おまえ、ひとりで大丈夫か。助けは必要か？」

この場に放っておくのは少し心配な状態だ。

「弘人……おまえ、里に行くつもりか？　……無理だ。……もう、干潮の時間なんて過ぎちまったよ」

茨木童子が弱々しい声で言った。

たしかにここは、釣りが趣味の妖怪が教えてくれた時刻よりもはやく干潮を迎えていたようだから、それが終わる時刻も早まっている可能性が高い。

弘人は嫌な予感をおぼえた。もはや繋がっていないのではないかという不安に駆られて、

「行ってくる」

茨城童子をその場に残し、社《やしろ》を飛び出していった。

一階の、まだ水に濡《ぬ》れている回廊の欄干《らんかん》をまたいで湖底におりたった。

湖底は砂地だが、ぬかるんでいた。足をとられるのがもどかしくて、弘人は履物《はきもの》を脱いで鳥居まで急いだ。

朱塗《しゅぬ》りの堂々たる二本の円柱に、反《そ》り返った笠木《かさぎ》が据《す》えられている。高さは十メートルを超える荘厳《そうごん》な鳥居だ。

異界と繋がっているという気配はまったくなかった。隠《かく》り世《よ》と現《うつ》し世《よ》の境目などは、ふつう異質な空気が漂っているのではっきりとわかるものなのだが。

嫌な予感を抱えたまま、弘人は鳥居をくぐってみた。

言いようのない失望が弘人を襲った。

その先は〈十六夜の里〉ではなかった。ただくぐって、むこう側に出るだけだった。

（もう繋がっていない……）

茨木童子の言うとおり、干潮の時間は過ぎてしまったのだ。

「美咲……」

弘人は、茫然《ぼうぜん》とその場に立ち尽くした。

胸をひと突きされた状態で二階から落ちたのなら、人間であれば即死か、息があっても瀕死《ひんし》の状態だ。はやく助けだしてやらねば命を落とす。

弘人は星のない黒々とした夜空をあおいだ。

わずかにかたちを欠きはじめた紅蓮《ぐれん》の月だけが浮かんでいた。

里への道は十六夜の干潮にしか繋がらない。

次に里に行って彼女をさがすことができるのは、あとひと月も先のことだった。

続く

# あとがき

こんにちは。高山《たかやま》です。

あやかし恋絵巻・橘屋閻魔帳、初夜で捕り物する第七巻です。

これまでは一冊ひと事件で、ラストに小さなヒキはあるものの、基本的にいつでも終われる読みきり仕様を意識して書いてきたのですが、今回は二冊で一話の上下巻仕様で書かせていただきました。

お話には綺蓉《きよう》の嫉妬《しっと》がからんできます。

綺蓉は、弘人《ひろと》に仕《つか》え、子を産むお役目を与えられて御所《ごしょ》にあがってきた女性。

いくら逆らわぬようしつけられていても、仕える主《あるじ》がべつの女性を想《おも》っていれば嫉妬はかならず生じるはずで、白菊《しらぎく》から美咲《みさき》へと、自分以外の相手にばかり夢中になる姿を見せつけられた綺蓉は、女としてとてもつらい立場にあったと思います。

でも弘人は綺蓉のことをとても大事にしていたので、綺蓉もそれを素直に受けとめて、ふたりは〈御所〉ではけっこう仲良く暮らしていたんですよ。

本作は、そんな彼女も巻き込んでの、最後の事件です。

冒頭から大蝦蟇使《おおがまづか》いが出てきます。

蝦蟇使いといえば自来也《じらいや》なんですが、彼は江戸《えど》時代の読本《よみほん》に登場する義賊《ぎぞく》（のちの作品では忍者になったり）で、妖怪ではありません。

でも資料をぱらぱらめくっていたときに、巨大な蝦蟇ガエルにのって武器をかまえているかっこいい妖怪のイラストがあって、あ、「蝦蟇使い」という妖怪がちゃんといるんだなということが判明したので使うことにしました。

くまのさんが脳内のイメージをそのまま絵にしてくださって感動でした。

無骨な男を書くのはこれがはじめてなんですが、……むずかしかった。

彼は下巻でも出てくるけど、攻めっ気のある男子と比べて、書くのに二倍くらいの時間がかかります。喋《しゃべ》ってくれよ雲劉《うんりゅう》、と言いたくなる。

そして実は問題児だった茨木童子《いばらきどうじ》。

六巻にも出てきていました。

チョイ役のわりにやけに外見描写などをしっかりしてあったのは、今回の事件にからんでくるからでした。

この妖怪は酒呑童子《しゆてんどうじ》の配下にいた鬼で、平安《へいあん》時代には彼と一緒に京の都でひどい狼藉《ろうぜき》をはたらいていたそうです。

作中のようなキャラは、実は女であったという説からイメージを膨《ふく》らませました。両性具有というのはとても興味深い設定で、もっとそこを生かした展開を書いてみたかったのですが、少女小説ですし、お話の流れの都合によりかないませんでした。ちょっともったいなかった。

今回は表紙の帯をはずすと、弘人の実体・鵺《ぬえ》の姿が見られるんですよ。鵺は実は絵にするのが非常にむずかしい妖怪なのですが、くまのさんが見事にかっこよく描いてくださいました。さすがです。

そして弘人の生腕《なまうで》の色っぽいこと。うーん、これは美咲になって抱かれたくなりますね。

以下、お礼です。

担当様、今回もいろいろと適切なアドバイスをくださいましてお世話になりました。ありがとうございます。

お忙しい中、イラストを描いてくださったくまの柚子《ゆずこ》様。いつも素敵なキャラデザインをありがとうございます。

そしてここまで読んでくださった読者の皆様も、ほんとうにありがとうございます。

次巻はいよいよ完結になります。ぜひおつきあいくださいませ。

二〇十二年　一月　高山ちあき

※この作品はフィクションです。実在の人物・団体・事件などにはいっさい関係ありません。

佳鷹(5巻)
陀羅尼坊(4巻)
ill. くまの柚子

橘屋シリーズ
＜あのイケ妖を
もう一度描かせて欲しい!!＞
描き足りない…。
総介(3巻)
前鬼(1巻)

この作品のご感想をお寄せください。

高山ちあき先生へのお手紙のあて先

〒101-8050　東京都千代田区一ツ橋2-5-10
集英社コバルト編集部　気付
高山ちあき先生

たかやま・ちあき
12月25日生まれ。山羊座。B型。「橘屋本店閻魔帳～跡を継ぐまで待って～」で2009年度コバルトノベル大賞読者大賞を受賞。コバルト文庫に『橘屋本店閻魔帳』シリーズ、『お嬢様は吸血鬼』シリーズがある。趣味は散歩と読書と小物作り。好きな映画は『ピアノレッスン』。愛読書はM・デュラスの『愛人(ラ・マン)』。

橘屋本店閻魔帳
永遠《とわ》の愛を誓わせて！(上)

COBALT-SERIES

2012年2月10日　第1刷発行

★定価はカバーに表示してあります

著　者　高山ちあき
発行者　太田富雄
発行所　株式会社　集英社
〒101－8050
東京都千代田区一ツ橋2―5―10
(3230) 6268(編集部)
電話　東京 (3230) 6393(販売部)
(3230) 6080(読者係)

印刷所　大日本印刷株式会社



ISBN978-4-08-601607-0 C0193

好評発売中 コバルト文庫
高山ちあき
イラスト／くまの柚子
隠《かく》り世と現《うつ》し世を結ぶ
和風コンビニで
跡取り娘の恋が咲く！
橘屋本店閻魔帳シリーズ
読者大賞受賞作!!
花ムコ候補のご来店！
恋がもたらす店の危機！
ふたつのキスと恋敵！
星月夜に婚礼を！
恋の記憶は盗まれて！
海の罠とふたりの約束！

コバルト文庫 雑誌Cobalt

# 「ノベル大賞」「ロマン大賞」募集中!

集英社コバルト文庫、雑誌Cobalt編集部では、エンターテインメント小説の書き手を目指す方々のために、広く門を開いています。中編部門で新人発掘の性格もある「ノベル大賞」、長編部門ですぐ出版にもむすびつく「ロマン大賞」。ともに、コバルトの読者を対象とする小説作品であれば、特にジャンルは問いません。あなたも、才能をこの賞で開花させ、ベストセラー作家の仲間入りを目指してみませんか!?

**大賞入選作** 正賞の楯と副賞100万円(税込)

**佳作入選作** 正賞の楯と副賞50万円(税込)

## ノベル大賞

【応募原稿枚数】400字詰め縦書き原稿95枚〜105枚。
【しめきり】毎年7月10日(当日消印有効)
【応募資格】男女・年齢は問いませんが、新人に限ります。
【入選発表】締切後の隔月刊誌『Cobalt』1月号誌上(および12月刊の文庫のチラシ紙上)。大賞入選作も同誌上に掲載。
【原稿宛先】〒101-8050 東京都千代田区一ツ橋2-5-10
(株)集英社 コバルト編集部「ノベル大賞」係

※なお、ノベル大賞の最終候補作は、読者審査員の審査によって選ばれる**「ノベル大賞・読者大賞」**(読者大賞入選作は正賞の楯と副賞50万円)の対象になります。

## ロマン大賞

【応募原稿枚数】400字詰め縦書き原稿250枚〜350枚。
【しめきり】毎年1月10日(当日消印有効)
【応募資格】男女・年齢・プロアマを問いません。
【入選発表】締切後の隔月刊誌『Cobalt』9月号誌上(および8月刊の文庫のチラシ紙上)。大賞入選作はコバルト文庫で出版(その際には、集英社の規定に基づき、印税をお支払いいたします)。
【原稿宛先】〒101-8050 東京都千代田区一ツ橋2-5-10
(株)集英社 コバルト編集部「ロマン大賞」係

**応募に関する詳しい要項は隔月刊誌Cobalt(2月、4月、6月、8月、10月、12月の1日発売)をごらんください。**